迦陵讲演集

小词大雅

叶嘉莹说词的修养与境界

叶嘉莹 著

北京大学出版社
PEKING UNIVERSITY PRESS

图书在版编目（CIP）数据

小词大雅：叶嘉莹说词的修养与境界 / 叶嘉莹著. —北京：北京大学出版社，2015.3
（迦陵讲演集）
ISBN 978-7-301-25600-8

Ⅰ. ①小… Ⅱ. ①叶… Ⅲ. ①词（文学）—诗词研究—中国—古代 Ⅳ. ① I207.23

中国版本图书馆 CIP 数据核字（2015）第 048884 号

书　　名	小词大雅——叶嘉莹说词的修养与境界
著作责任者	叶嘉莹 著
责任编辑	徐丹丽
标准书号	ISBN 978-7-301-25600-8
出版发行	北京大学出版社
地　　址	北京市海淀区成府路 205 号　100871
网　　址	http://www.pup.cn　新浪微博 @ 北京大学出版社
电子邮箱	编辑部 wsz@pup.cn　总编室 zpup@pup.cn
电　　话	邮购部 010-62752015　发行部 010-62750672
	编辑部 010-62752022
印 刷 者	北京中科印刷有限公司
经 销 者	新华书店
	890 毫米 ×1240 毫米　16 开本　10.5 印张　150 千字
	2015 年 3 月第 1 版　2024 年 12 月第 19 次印刷
定　　价	42.00 元

未经许可，不得以任何方式复制或抄袭本书之部分或全部内容。
版权所有，侵权必究
举报电话：010-62752024　电子邮箱：fd@pup.cn
图书如有印装质量问题，请与出版部联系，电话：010-62756370

目 录

第一讲　兴于微言　001

第二讲　花外春来路　芳草不曾遮　015

第三讲　莺燕不相猜　033

第四讲　感士不遇　051

第五讲　在神不在貌　065

第六讲　三种境界　081

第七讲　美人迟暮　101

第八讲　担荷人类罪恶　119

第九讲　一蓑烟雨任平生　139

第一讲

兴于微言

词是我们中国传统的文学形式之中的一种韵文的体式，我们常常说诗、词、曲，其实这三种不同的韵文形式各有不同的风格。我今天所要介绍的是"小词中的修养与境界"。本来是讲词里边的修养与境界，但是我们为什么常常在"词"这种文学体式前面加个"小"字，说"小词"之中的修养与境界呢？

把"词"称作"小词"，有两个原因。

第一是因为词的篇幅短小。诗，像长篇的诗，如同杜甫的《赴奉先县咏怀》，杜甫自己说那是五百字，《赴奉先县咏怀五百字》；白居易的《长恨歌》，八百多字，不到一千字。可是词这种文学体式，它是受局限的，受到什么局限呢？我们中国最古老的文学传统，《诗经》《尚书》就说了，诗是言志的，"情动于中而形于言"，所以诗是写自己内心的感情志意的。诗，最长的可以写到几百字，比如《赴奉先县咏怀五百字》《长恨歌》。可是词，为什么叫作词呢？

词叫作词的缘故，其实是非常简单的。词就是歌词的意思，用英文来说，就是song words，是配合音乐来歌唱的

> 诗者，志之所之也。在心为志，发言为诗。情动于中而形于言。言之不足，故嗟叹之。嗟叹之不足，故永歌之。永歌之不足，不知手之舞之，足之蹈之也。
> ——《毛诗大序》

歌词。配合音乐来歌唱的歌词，是有一个音乐的曲调的，它所配合的这种音乐的曲调，是我们中国旧传统留下来的。我们旧传统留下来的音乐有雅乐，有清乐。一般说来，雅乐多半用在庙堂之上，是非常严肃的。而六朝以来的清乐，就是民间传唱的一种歌曲。可是从隋唐以来，因为我们中华

> 唐太宗立十部乐，其中尚有西凉、扶南等以外族胡部为名的乐部，但到了玄宗时，其所设立之"坐部伎"及"立部伎"，已经不再用外族胡部之名，而仅以"太平乐""破阵乐"等乐调之名为乐部之区别了。可见，唐朝玄宗的时代，已经把外族胡部音乐，融入到原来的华夏音乐之中了。

跟外边的各族、少数的民族增加了很多商业的、文化上的来往，那么从外边传进来的这种音乐，我们就管它叫作胡乐。我们中国从来把外族的叫作胡，把外族人叫作胡人，所以他们传进来的音乐就是胡乐。其实从六朝以来，宗教上有一种乐曲——向来任何的宗教在它传播的时候，都是配合着乐曲的，基督教、天主教都有他们的歌诗，佛教、道教都有他们的唱诵，所以有一种宗教的音乐——这个宗教的音乐，我们称它为"法曲"，就是说法的，讲经说法。所以当时隋唐以来流行的音乐，是我们中国原有的清乐，加上外来的胡乐，然后加上宗教的法曲，结合起来的一种新的音乐的体式。

我们中国很可惜，其实不只是中国，就是当时其他的、世界各国那时候都没有录音的设备，所以这个音乐究竟如何，没有传下来。可是，中国的文字历史是从很早就已经发展、有记录的。文献记录上说，这种结合了清乐，结合了胡乐、法曲所形成的音乐，就叫作燕乐。这个 yàn 字，可以写作天上飞的那个小燕子的"燕"，也可以写作我们

> 王灼《碧鸡漫志》卷一云:"盖隋以来,今之所谓曲子者渐兴,至唐稍盛。"这种曲调最初流行于民间,如敦煌所发现的一些曲子,便是这类民间曲子词。

宴会、饮宴的"宴",就是燕(宴)乐。他们说这个燕乐,因为它结合了这么多不同的音乐的不同的类型,所以演奏起来是非常好听的。

在当时,配合这种燕乐,有一种流行的歌曲。最早这个歌曲流行在民间,只要你会唱这个曲子,你可以在这个曲子里边,结合上任何的内容。所以《敦煌曲子词》里边有讲兵法的,讲兵书的,有的医生甚至把医药的歌诀也编写在里边,当然,也有讲男女之间的情爱,讲生活的各种情事的。所以当时的这个乐曲在民间流行,使用是非常广泛的,品类也非常多,可是呢,民间的这些乐曲的文辞不够典雅,所以士大夫,当时一般人不大填写这种俗曲。可是当它流行久了,这个音乐又很好听,士大夫也就参加进来,来写这种乐曲了。

这种乐曲的音乐没有流传下来,但是乐曲的歌词,就是配合这个燕乐的曲子歌唱的歌词,却流传下来了,人们称作曲子词。本来早期的曲子词只在民间流传抄写,没有人把它印刷成为一本书,所以当时很多流行的俗曲就没有流传下来,直到晚清的时候,在敦煌的一个洞穴之中,发现了很多当时的、唐朝以来手写的、抄写的卷子,今天我们把它叫作卷本,里边有很多当时流行的曲子词。也就是说,我们在清朝所发现的这个敦煌曲子词,是很早的唐朝当时流传的曲子。可是这些曲子没有人把它编印成书,觉得它庸俗,不典雅。

在已知的现存文献中,第一本把这曲子词编订成书的，这一本书的名字，就叫作《花间集》。我们约定俗成，一看到"花间集"三个字，我们就想那是图书馆里的一本书，上面写着"花间集"，其实它的本意是什么？是Collection of Songs Among the Flowers，就是歌曲的曲子词。什么地方唱的曲子词？Among the flowers，"花间"唱的歌曲的曲词。

这本书的编者，编定以后请一个人写了序言，就是《花间集》的序言，说"因集近来诗客曲子词"。给这个《花间集》写序的人是欧阳炯。欧阳炯是五代时候后蜀的人，他本身也是一个词人，他说，这本书的编者就"集近来"——晚唐五代以来的"诗客"——读书人，而不是市井之间的人，是读书人、诗客所写的曲子词。他说：为什么要编辑这么一本曲子词呢？是"庶使西园英哲，用资羽盖之欢；南国婵娟，休唱莲舟之引"。"庶"就是庶几、或者，或者这个集子里边所搜集的歌曲，可以使得那"西园"——西园是文士集会的地方，是三国时候曹丕、曹植跟那些"建安七子"聚会的所在——所以西园的那些文人诗客，"英哲"，那些有才华的人，"用资"，就用这本书所编辑的曲子词，"资"，就供给他们，用这本书所编的这个曲子词供给他们"羽盖之欢"。"盖"就是一个伞盖，这个伞盖不是遮雨的伞，是坐车的时候的那个车篷，当时

> 西园，曹操在邺都西郊所建，园内有铜雀台、芙蓉池等等景观。曹氏父子及建安七子常在那里聚会游宴，因此他们的诗作中常常提到西园。西园雅集便在后世成为文坛佳话。北宋驸马王诜的府第亦建有西园，大文豪苏轼、黄庭坚、秦观、晁补之等曾集会于此，当时同为座上客的著名画家李公麟将其绘为《西园雅集图》，他们在花园中饮酒、作诗、写字、画画、谈禅、论道的情景，让后人钦羡不已。

那些讲究的人坐着车出去的时候，车上有一个车盖，一个篷子，而且是羽盖，上边装饰着翠羽的羽毛，非常讲究的贵族的车子。他说这个歌词的集子就是给他们、供给那些贵族的那些文人诗客，他们出游的时候，给他们唱这个歌的。那个时候唱歌的人是谁？就是"南国婵娟"，就是江南的一些美丽的女子，本来江南是水乡，很多人都唱采莲的曲子，但是大家以为，一般人唱的采莲的曲子，都是很庸俗的，所以我现在编辑了诗人文士的歌词，就使得那些南国婵娟，不再唱那庸俗的采莲曲了，就有更典雅的、更有文采的歌词供给她们去演唱了。所以《花间集》里边所搜集的歌词，什么内容？就是这诗人文士叫了一群歌伎酒女在筵席上演唱的歌词。

这种场合所唱的歌词的内容，都是美女，都是爱情，都是相思，都是怀念，所以就是一些爱情的歌词。我们讲中国的传统，说诗是"言志"的，文是"载道"的，而这些小歌词，就写那些文人诗客跟歌伎酒女的爱情，我们看不起它，认为它是鄙俗的，所以当时宋朝很多人不肯把词集编到自己的正集里边，都编在附集，编在诗集和文集的后边，这是词之所以叫小词的第二个原因。

第一个，因为它的篇幅短小，因为它被曲调限制了，不能像《长恨歌》，不能像杜甫的《赴奉先县咏怀》，没有约束地写下去，它被曲调的音乐限制了。第二个，内容也没有言志的、载道的这样高雅的内容。所以说它是小词。小词一向被文人所鄙视，从宋朝开始很多文人不把小词编到集子里边去，一直到明代的时候，很多人还是把小词的地位看得很卑微。可是现在我居然提出来一个题目，说"小词中的修养与境界"，就是在这种写美女跟爱情的、不登大雅之堂的这样的作品里边，表现了那些才智之士、有理想的读书人的修养和境界。特别提出来说小词的外表虽然是爱情，可是里边有了修养和志意，为什么？先说它基本的一个原因，然后再说后来的人对它的认识。

小词之所以引起读者想到一种修养和境界，是什么缘故呢？小词所写的，虽然都是美女跟爱情，可是就是美女跟爱情，它可以提升到一个很高的修养与境界的层次。有几个原因。

一个就是说，爱情是你把你真正的感情都投注进去了，你把你整个的这种感情都奉献出去了，这是一种很崇高的、很神圣的感情，你愿意完全奉献你自己，把你所有感情都投注进去。不管是对于学问也好，对于事业也好，对于工作也好，只要有这么一种境界，那么，你对于你的学问、事业、理想的投注，跟你对于爱情的投注，就有某一点相似之处，所以可以从这些爱情的小词体会到某一种修养与境界。

除了这种本质上的感情的专一投注以外，还有一个原因。我们中国的道德一向讲三纲五常，纲就是一个大的纲领，就是我们为人，在社会上所应该遵守的三个最重大的道德的法则，那是什么？"君为臣纲、父为子纲、夫为妻纲"。君臣、父子、夫妇，一个是在上位的，是统治的阶层；一个在下边

> 那么，你对于你的学问、事业、理想的投注，跟你对于爱情的投注，就有某一点相似之处，所以可以从这些爱情的小词体会到某一种修养与境界。

> 长短句于遣词中最为难工,自有一种风格,稍不如格,便觉龃龉。唐人但以诗句,而用和声抑扬以就之,若今之歌《阳关词》是也。至唐末,遂因其声之长短句,而以意填之,始一变以成音律。大抵以《花间集》中所载为宗,然多小阕。至柳耆卿,始铺叙展衍,备足无余,形容盛明,千载如逢当日,较之《花间》所集,韵终不胜。由是知其为难能也。张子野独矫拂而振起之,虽刻意追逐,要是才不足而情有余。良可佳者,晏元献、欧阳文忠、宋景文,则以其余力游戏,而风流闲雅,超出意表,又非其类也。谛味研究,字字皆有据,而其妙见于卒章,语尽而意不尽,意尽而情不尽,岂平平可得仿佛哉!
>
> ——李之仪《跋吴思道小词》

的,是附属的阶层。所以在夫妇的男女的这种感情之中,它就无形之中跟君臣的那一纲有相似之处。因此,很多人就从写爱情的小词里边看到一种臣子的忠爱,看到一个读书人的那种奉献的感情的投注。这是说它本质上有这种联想的可能。

中国古代有一个叫作李之仪的,宋朝的一个学者,他曾写过一篇文章,叫作《跋吴思道小词》。吴思道是他的一个朋友,这个朋友就喜欢写这种给歌伎酒女去唱的小词,大家都轻视这种做法,你这个朋友怎么会这么不严肃、写这种歌词呢?所以当他给这个朋友作序言的时候,要提高他朋友的词的地位。他说:"长短句于遣词中最为难工。"长短句就指的是这种歌词,这种小词,为什么是长短句呢?因为诗,不管四言、五言、七言,一般说起来都是整齐的,可是词,它配合着曲调来歌唱,那个曲调的长短不同,所以歌词的长短也不同,我们管它叫作长短句。这个李之仪就说:"长短句于遣词中最为难工。"说写小词最不容易写好,因为什么,你要把你的小词写得"语尽而意不尽,意尽而情不尽",你只说男女的爱情,没有多余的意思,你就很肤浅了,你要使你写爱情的词里边还有言外的意思,所以这个不容易做到。

南宋时候还有一个叫刘克庄的,他也给他的一个叫作刘叔安的朋友写了一篇序。刘叔安写过感秋的八首词,所以刘克庄也替他的朋友辩护,他说刘叔安虽然是写的这种爱情的小词,可是他是"借花卉以发骚人墨客之豪,托闺怨以寓放臣逐子之感"。表面上写春天的美丽的花草、写男女的爱情,他说,可是我的朋友所写的花草爱情不是肤浅的、表面的花草爱情,他是借花草爱情表现骚人墨客的一种豪情。

你要知道,从屈原开始,屈原的《离骚》就是用美人香草来寄托这些才人志士的理想的。所以中国文学有这么一个传统,说美人香草可以寄托这些文人才士的一种感情;还可以表现"托闺怨以寓放臣逐子之感",女子不被男子宠爱了,妃子不被国君宠爱了,所以写闺怨,写宫怨,那么女子有怨,男子在仕宦的时候不得意,他不能够得到一个地位,不能够实现他政治的理想,所以他也假托女子的口吻,表面上是女子的怨情,其实写的是一个不得志的才人志士的怨情。所以小词之可以有修养与境界,本来就是在它的本质上,美人香草就给了人这种联想。

可是呢,这只是一般人随便的联想,在表面上你可以这样说,可是正式上,大家并不承认,你表面上写的还是美人跟爱情嘛!一直到什么时候就把这个意思确定下来了,说词里边是有这种美人香草的寄托?那是谁呢?

那就是张惠言。张惠言曾经编了一本词的选集——《词选》。张惠言的《词选》前边有一篇序言。刚才我们说,像李之仪给他朋友吴思道写的序言,像这个刘克庄给

> 传曰：意内而言外谓之词。其缘情造端，兴于微言，以相感动。极命风谣里巷男女哀乐，以道贤人君子幽约怨悱不能自言之情。低徊要眇，以喻其致。盖诗之比兴，变风之义，骚人之歌，则近之矣。
> ——张惠言《词选序》

他的朋友刘叔安写的序言，这个大家不相信啊，你不过是替你朋友说好话就是了。可是现在出来一个学者，清朝的学者，乾嘉时代的学者，而且是个经学家，是道德修养都非常好的学者，他站出来，他客观地编了一本词集，是客观地编选，我不是给我的朋友写的序言，我不是以私人的感情赞美我的朋友，是我以为词这种体式，这个小词里边就确实有这样的含义。

这个张惠言在《词选序》里边就说了，他说："传曰：意内而言外谓之词。"其实张惠言这篇序有很多的矛盾，有很多的缺点，虽然它有这么多的矛盾和缺点，但是因为它确实说出来了小词的一种特殊的意境。我说它有缺点，从它第一句就是缺点。"传曰"就是古人的书上有记载。说古人书上记载了什么呢？说"意内而言外谓之词"，说你里边包含很深的意思，而通过语言表现出来了，这个就是"词"，你内心的很多的含意从语言中表现出来了，这就叫作"词"。这个说法从哪儿来的？他说的"传曰"，是《说文解字》上的话。《说文解字》解释这个"词"，就是我们说话的语词之词。《说文解字》里边说意内言外是词，而它的编选者许慎的时代，早于这些小词啊，它怎么能说到小词的内容？所以张惠言引许慎的《说文解字》来讲后来才出现的歌词的小词，这完全是牵强附会。

然而，他虽然是附会，可是他后边就说出来一个真正的小词的微妙的所在。他说："其缘情造端，兴于微言，以相感动。"小词是"缘情造端",小词本来是抒情的,写男女的爱情,就是"缘情",它就是写男女的爱情;"造端",从这个开始。意思是说,男女的爱情可以引申,可以使你生发,可以使你感动,你可以有很丰富的其他的联想,就是从情那里引申的,就是"缘情"。就是喜怒哀乐的男女的这个爱情,它是"造端",它从此就发端,它可以引申,可以给你很多丰富的联想。联想什么呢?"缘情造端,兴于微言",兴,我们说兴发感动,引起你很多联想是"兴",你有兴发感动,从什么地方引起联想?"微言"。从小词里边那些不重要的话、不重要的语言中"兴"。还是这些"微言",给了你很深刻或很高远的丰富的联想。

小词里边的这些微言非常妙。等一下我们要讲小词之中的修养和境界,这种修养和境界都是从那微言传达出来的。而且我还想给这个"微言"一个英文的文学理论上相对的一个说法。西方的文学理论有一个词语叫 microstructure,structure 是结构,micro 是最微妙的、最幽微的。当然我们看这个语言的构造,有名词,有动词,有形容词,有主语,有述语,这是太粗糙了。那么你用的动词是哪个动词呢?王安石写了一首诗《泊船瓜洲》,说"春风又到江南岸",这个"到"字太粗糙了,"到"字不好,说"春风又过江南岸",说这个比"到"字稍微活动了一点,但是还不够好,说"春风又满江南岸",这应该不错了,可是这还不够生动,又说"春风又绿江南岸",这样就使它更丰富、更精微、更美妙了。这种微妙的一个字、一个词语,它的微妙的运用,这是微妙的结构。所以"兴于微言",如果用西方的文论来说那是microstructure;"兴于微言",读者要读小词,你要带着一种对微言的敏锐的感受。你如果只看外表,你配合不上,你就看不到深刻的意思。要你读者的本身有非常精微的感受辨别的能力,你就可以从那微言之中"兴",就让你兴发、让你感到、让你联想,你就可以引申很多意思。

"极命风谣里巷男女哀乐,以道贤人君子幽约怨悱不能自言之情。"你看这个张惠言写得这么微妙,用了这么多形容词,等一下我们不是光讲他的理论,我们下一讲就要用张惠言自己的小词来证明词里边是不是有这样的微妙。"兴于微言,以相感动。极命风谣里巷男女哀乐",风谣就是随便的歌谣了,像《诗经》中的国风,就是各地方传唱的歌词。什么地方传唱?大街小巷,里巷。什么样的内容?男女哀乐。"关关雎鸠,在河之洲。窈窕淑女,君子好逑"(《周南·关雎》),就是里巷之间男女哀乐的这种民谣、这种歌词。"极命",就是这种写爱情的歌词,当它发展到极致,发展到最高点的时候,就发生一种非常微妙的作用。"极命风谣里巷男女哀乐",怎么样?"以道贤人君子",它就可以诉说,可以表达,表达"贤人君子"的最幽深的、最婉约的、最哀怨的、最悱恻的,"幽约怨悱"之情不就好了吗?"幽约怨悱"还"不能自言之情"。你有很多幽微美妙的感觉,你没有办法用普通的话直白地说出来的,就是这样的小词让你说出来,说出来还不算,你就简单地说出来?张惠言说了,你要"低徊要眇",你说的时候要婉转低回,说得那样深刻幽微,你说"以抒其情"?还不对,是"以喻其致",传达,给你传达了、喻托了一种情致,微妙的情致在里边。

不能说的,你在诗里边可以直说,诗里边不能够直说的,小词给你另外的一种表达的方式。他说:"盖诗之比兴,变风之义,骚人之歌,则近之矣。"他说这种让你有很多言外之意的想法或联想,就好像我们中国古代说,诗里边有比兴,我们用关雎鸟来表现男女的爱情,这是一种"兴";我们说"硕鼠硕鼠"(《魏风·硕鼠》),用个大老鼠表现那剥削者的剥削,那就是"比",你不直说。他说小词也是,它不直说,它说美人,它说花草,但是你可以体会有非常微妙的东西在里面。他说就好像,"盖","盖"就是不确定,大概就是,好像是《诗经》里边的比兴,"变风之义,骚人之歌",就差不多了。

我们现在就是讲了这个小词里面有这么多的含意的可能性,张惠言的《词选》序言里面说了这么一段微妙的话,那么小词是否真的能够达到这种修养和境界呢?我们下一节用张惠言自己的词来证明、来看这一点。

(汪梦川整理)

第二讲

花外春来路
芳草不曾遮

我们上一讲,讲到清朝的一个学者——我说他是一个学者,因为他不只是一个词人。我们讲到清代这个学者张惠言,他编的一本《词选》前面有一个序言,他特别提出来小词的一种微妙的作用。那么张惠言是一个怎么样的人呢?张惠言,刚才我说他是一个学者,而且是一位经学家,研究中国古代的经书的。我这里先简单介绍一下。

张惠言出生在一个两世孤寒的一个儒学的世家之中。所谓"两世孤寒",他的五世祖以下,历代都是府县学生,没有做过一些达官显宦,都是教书的。他的祖父名字叫政诚,很好学,"倜傥好学","通六艺"——就是六经,"诸子"——就是百家诸子,"乡试赴顺天"——到顺天府去参加乡试,"卒于京师"——就死在京师了。当时只有三十五岁。这是说他的祖父,三十五岁就死了。他的父亲,张惠言的父亲,名字叫蟾宾,"九岁而孤",祖父死的时候他父亲只有九岁,曾经补上府学生,亦不获永年——也没有通过考试,也没有

> 府君生九岁而孤,有兄曰思楷,弟曰瑞斗。家贫,日不得再食,奉白孺人教,兄弟相厉以儒学。补府学生,试高等廪膳,常教授乡里间。其后游杭州,一岁得疾归,遂卒,年三十有八。府君既不得志于世,无所表见,又不获永其年,充所学以致不朽,所论著皆未就。其卒时,惠言方四岁,翊遗腹四月而生,凡其言行可纪者弗得闻,闻之于人所传,又弗敢审。
>
> ——张惠言《先府君行实》

科第，也没有仕宦，三十八岁就死了。当时张惠言只有四岁，有一个姐姐，年仅八岁。他父亲死了以后四个月，遗腹子——他弟弟出生了。所以他家里边很贫穷，无以为生，就仰赖他的母亲和他的姐姐做女红，做缝纫、刺绣，来维持生计。"有世父别赁屋居城中"——有一个长辈，是在城里边住的，可见张惠言他们一家是住在乡下。所以呢，这个张惠言九岁的时候，"世父命就城中与兄学"——他这个世交的长辈就叫他到城里边去读书了。"时乃一归省"——有时候就回家省亲，看望他的母亲。"一日暮归"——有一天晚上回来，"无以为夕飧"——这个"飧"不是"餐"，家里边没有晚饭吃了，穷到这个地步。"各不食而寝"——所以他母亲、他姐姐、他弟弟跟他，都没有吃晚饭就睡觉了。次日，"惠言饿不能起"——第二天张惠言饿得爬不起来，他的母亲就说了："儿不惯饿惫耶？"说你不熟悉，没有经验过这样饥饿、疲惫的生活吗？"吾与而姊而弟时时如此也。"我跟你的姐姐，跟你的弟弟，我们在家里边经常过的是这样子三餐不继的、不能够吃饱的生活。于是张惠言和母亲相对而泣。"惠言依世父居，读书四年"——他九岁去读书，就是读了

> 府君少孤，兄弟三人，资教授以养先祖母。先祖母卒，各异财，世父别赁屋居城中。府君既卒，家无一夕储。世父曰："吾弟不幸以殁，两儿未成立，是我责也。"然世父亦贫，省啬口食，常以岁时减分钱米，而先妣与姊作女工以给焉。惠言年九岁，世父命就城中与兄学，逾月时乃一归省。一日暮归，无以为夕飧，各不食而寝。迟明，惠言饿不能起，先妣曰："儿不惯饿惫耶？吾与而姊而弟时时如此也。"惠言泣，先妣亦泣。时有从姊乞一钱，买糕啖惠言。比日昳，乃贳贷得米，为粥而食。惠言依世父居，读书四年，反，先妣命授翊书。先妣与姊课针黹，常数线为节，每晨起，尽三十线，然后作炊。夜则然一灯，先妣与姊相对坐，惠言兄弟持书倚其侧，针声与读声相和也。漏四下，惠言姊弟各寝，先妣乃就寝。

——张惠言《先妣事略》

四年书,只不过读了四年书,就回来了。其母令惠言授其弟读书——请不起老师,所以他九岁读了四年书回来,他母亲就叫他教他的弟弟读书。每夕,每天晚上,只"然一灯",古人都是用油灯,只点一盏灯,母亲跟姐姐就坐在灯下缝纫、刺绣,为的是赚钱,张惠言跟他弟弟"持书倚其侧"。就在这一盏油灯下,"针声与读声相和也",他们——母亲、姐姐、哥哥、弟弟,都在这一盏灯下,或者做女红,或者读书。

那么我们现在就讲到,他这样穷苦的出身,是一个刻苦读书的人家。他的词学,虽为研究清词者之所重视,后来影响深远,一直影响到晚清,影响到民国初年,张惠言的这个词学的理论影响得非常深远,可是张氏为学的本旨,原来是志在经学的。古代的男子读书,都是为修身齐家治国平天下,他本来不是要以词学来著名的,他所长的是《易经》。嘉庆八年(1803)的时候扬州阮氏刊印的,嫏嬛仙馆刊印的《张皋文笺易诠全集》,就是张惠言研究《易经》的著作,收有张氏关于《易》学的著作达十二种之多。也就是说,光研究《易经》,他的著作有十二种之多。而张氏所最为精研有得者,是东汉三国时候虞翻的《易》学。虞翻是一个研究《易经》的学者,三国时代的人。那么虞翻的《易》学又是怎样的呢?我们可以从张惠言的著作里边,归纳出来以下几个重点:其一,就是虞翻的讲《易经》的《易》学,第一是重视"象"的联

> 张惠言之词学,跟他精通"虞氏易"有很大关系。就是说,真正好的小词里面的种种形象,常常会在有意与无意之间流露出某种义理,张惠言研究过《易经》的形象,所以他对于小词的这种品质就一定会特别有他的心得。

想，就是这个形象给你的联想，"象"的联想。张氏在《虞氏易事》这本书里边说，"虞氏之论象备矣"。他说虞翻讲到《易经》里边的"象"，讲得非常地详细。我们看一看《易经》是什么样的象：《易经》就是用一个长横（—），两个短横（--），一个代表阳，一个代表阴，是非常奇妙的一件事情。就用这两个符号，一个是阳，一个是阴，错综变化，用代数里边的排列组合，两个符号，每三个为一组，你可以组成多少个组？可以有八个，所以有八卦。两个符号，三个为一组，就组合出这样的八卦。三个连起来的，这个都是阳，就是乾（☰）。这个象，卦的形象，我们不是说从这个图像来看出意思吗？重视"象"的联想。他说："夫理者无迹，而象者有依。"因为"理"是空洞的，你看不见的；可是形象呢，你是看见的，所以《易经》都是用形象来说的。我们这里当然是举最简单的例子，《易经》中的卦象有非常复杂的变化。每一个符号，一个"爻"一个"爻"地变上去，八卦，八八乘起来可以重叠，可以变成六十四卦。六十四个卦象征了我们人世间的，大自然界跟人世的种种的现象，种种的变化。所以这个三个都是阳的（☰），这是"乾"，大自然里边它是天，人伦里边它是父。三个都是断开的（☷），这是"坤"，大自然是地，人伦里边是母。这些都是形象，所以他说"虞氏之论象备矣"，"理者无迹，而象者有依"，以为"舍象而言理，虽姬、孔靡所据以辩言正辞"，如果你不看这个图像，你只空谈这个理论，就是有周公、孔子，都不能给你说得很清楚。所以这个"象"是重要的，要依"象"而寻"理"，所以要"比事合象"，才能

> 《菩萨蛮》，又名《子夜歌》《重叠金》……小令四十四字，前后片各两仄韵，两平韵，平仄递转，情调由紧促转低沉，历来名作最多。
> ——龙榆生《唐宋词格律》

够"有所依逐"。从张惠言说的这些话，至少我们看出来一点，就是张惠言是一个极其善于从具体的"象"来推求抽象之"理"的一个人，非常富于联想及推衍的能力。

张惠言曾经讲古人的词作，他说温庭筠的词有什么深刻的意思，韦庄的词有什么深刻的意思，等等。我们举一个例证来看，他说温庭筠的一首小词，写美女跟爱情的——《菩萨蛮》。《菩萨蛮》不是一个题目，不像诗，像杜甫的《赴奉先县咏怀》，这是题目，《闻官军收河南河北》，这是题目。可是词，不是，《菩萨蛮》是个乐曲的调子，就是给这个乐曲的调子填一个小词的歌词。"小山重叠金明灭，鬓云欲度香腮雪"——你要注意到，我读词的时候呢，跟我说话的声音不大一样。因为诗词都是有平仄的韵律的，这个声音跟情意是结合在一起的，有这种节奏高低的音律才好听，而这个音乐，也同时传达了它的情意，是声音跟内容的结合。凡是入声的字——就是当温庭筠的时代，古人把它读作入声的，虽然我们普通话里边没有入声的字，但是我们要尽量把它读成仄声。所以吟诗，我们可以说"吟"，可是词，长短错落，它不能够"吟"，就在你读诵的时候，要把它的声调读对。"小山重叠金明灭，鬓云欲度香腮雪。懒起画蛾眉，弄妆梳洗迟。　照花前后镜，花面交相映。新帖绣罗襦，双双金鹧鸪。"写一个美女，写美女的相思，相思跟爱情嘛。我们现在不是讲温庭筠的词，所以对于前边我们不能够仔细地讲。我们只看这两句："懒起画蛾眉，弄妆梳洗迟。　　照花前后镜，花面交相映。"美女起来画眉，"蛾眉"，说眉像飞蛾的两个触角一样，"蛾眉"，说这个女孩子起来画眉就画眉好了，说她懒懒地起来，慢慢地画蛾眉。"弄妆"，什么叫"弄"？"云破月来花弄影"——张先的词——"弄"是欣赏的意思，赏玩的意思，玩弄的意思。女子化妆，她看一看，就对镜子欣赏一下，描一描眉，涂一涂口红，再看一下，所以是"弄妆"，所以她"梳洗迟"，不像我们赶着去上班，去讲课，匆匆忙忙就跑了，"弄妆梳洗迟"。梳洗了以后还戴上花，"照花"是"前后镜"——你看《牡丹亭》里边写那个杜丽娘，让她的丫鬟拿着镜子前前后后地照——你插花，你不能只看镜子前面，你走出来人家都看到你后面哪，所以"照花前后镜，花面交相映"，花光人面，镜子里边，前面镜子里边有花光人面，后面的镜子反照，还有花光人面，一大串都是花光人面。然后化好了妆，戴好了花，就换了衣服，换了"绣罗襦"，丝罗的、绣花的短袄，"新帖"，刚刚熨得非常平的，刚刚新做的这个"绣罗襦"的短袄。"绣罗襦"上绣的什么呢？"双双金鹧鸪"，一对一对都是金线绣的鹧鸪鸟。鹧鸪鸟跟鸳鸯差不多，总是成双成对的。写美女，写化妆，写它"双双金鹧鸪"，是代表这个女子在期待，在盼望，在怀念，有一个爱她的人。

好，这本来是美女跟爱情，相思怨别——张惠言《词选》说了，说："此感士不遇也。"说温庭筠这首词啊，他是感慨，感慨一个读书人没有得到皇帝、朝廷的欣赏。这个"篇法"我们不管它，因为温庭筠一共写了十几首《菩萨

> 当一个语言的符号在一个国家或一个民族的文化传统之中有了悠久的历史，被很多人使用过的时候，这个符号里边就携带了大量的信息，这样的符号，我们说它是一个culture code——文化的符码。

蛮》，我们不能讲他的篇法。张惠言只说："'懒起'二字，含后文情事，'照花'四句，《离骚》初服之意。""懒起画蛾眉"，有很多的感情在里边——这我就要讲到，第一讲中我曾说这个"微言"，我说如果用英文的文学理论的一个词语来说，那是microstructure。现在我们要讲到"懒起画蛾眉"，它里边的"蛾眉"，我们就要讲到英文的另外一个词。我们的语言，"蛾眉"，这是一个符号，这是语言的符码（code），什么时候这个符码就成了一个文化的符码（culture code）呢？我们随便用一个字，它没有成为符码，成为符码是说这个语词曾经在历史上被很多人都用过，它就在我们文化里边变成一个语码了。什么语言变成语码了？"蛾眉"就变成语码了。屈原的《离骚》就说，"众女嫉余之蛾眉兮"，他说那些女孩子都嫉妒我有美丽的"蛾眉"，可是屈原不是女子，屈原也没有"画蛾眉"，所以他这样说，这个"蛾眉"，女子的美丽的"蛾眉"，在男子说"蛾眉"的时候，就代表的是什么？就是屈原说他自己有美好的才能。好，如果女子说到"蛾眉"，在男子是代表美好的才能，那么女子的画眉毛呢？就是男子在追求美好的才能。

这不是我空口这样说，这是一个文化符码，是culture code。怎见得？有诗为证。李商隐曾经写过一首《无题》诗。大家都会背李商隐的《无题》诗"相见时难别亦难"，现在我说的《无题》诗不是那首七言的"相见时难别亦难",是五言的,他写一个美丽的女孩子。他说:"八岁偷照镜,长眉已能画。"现在我要证明这是一个culture code,就是"画眉毛"。李商隐说有一个女孩子八岁就知道爱美了,她母亲说你这么小化什么妆呢?她就偷偷地照着镜子化,就画她的"蛾眉",而且果然画得非常美丽,画出了修长美好的眉毛。"八岁偷照镜",就"长眉已能画",而李商隐这首《无题》诗是说什么?是他自己追求才能的美好。他说"八岁偷照镜",是"长眉已能画","十岁去踏青,芙蓉作裙衩",我十岁跟女孩子、同伴到外边去踏青,春天的时候,我的裙子上绣的都是芙蓉花。"十二学弹筝",我十二岁就学弹筝,"银甲不曾卸",我那银的指甲套,我一天到晚地练习,指甲套不卸下来。"十四藏六亲,悬知犹未嫁",古代说女孩子到十四岁,除了家里边的父母、兄弟姐妹,外边的人都不可以见了——所以《红楼梦》里边就是那表兄表妹见得太多了,就出了很多问题——所以"十四藏六亲",你的亲戚都不能见了,"悬知犹未嫁","悬知"就是外边人就说,外边人推想,说这女孩子能够画长眉,这么美丽,还没主呢,还没许人家呢。而这个女孩子呢,"十五泣春风",十五岁当春风吹来的时候,她就流下泪来了。在哪里流泪?"十五泣春风","背面"在"秋千下"。女孩子打秋千,她就在秋千下背过脸去,不让人看见,就流下泪来了。为什么?李商隐写的是什么?是一个爱美的、要好的,既能画眉又能弹筝的一个非常有才华的女子,没有找到一个许嫁的人?是这样吗?他所托喻的是他

> 八岁偷照镜,长眉已能画。
> 十岁去踏青,芙蓉作裙衩。
> 十二学弹筝,银甲不曾卸。
> 十四藏六亲,悬知犹未嫁。
> 十五泣春风,背面秋千下。
> ——李商隐《无题》

李商隐正是一个有这样的才华、美好的志意的人，却没有人欣赏和任用。所以你就知道，这个"蛾眉"变成了一个 culture code。所以当温庭筠说到"蛾眉"的时候，张惠言就说他是有托喻的意思。

那么刚才我说了，这个文化的符码还不只是李商隐的《无题》，说"八岁偷照镜，长眉已能画"，温庭筠还说了什么？温庭筠说"懒起画蛾眉"，你说"蛾眉"是美好，"画蛾眉"是追求美好，你"懒起"还有什么道理吗？"懒起"当然有"懒起"的道理。唐朝的杜荀鹤有首诗叫《春宫怨》，他说："早被婵娟误，欲妆临镜慵。承恩不在貌，教妾若为容。"她说我就把我自己耽误了，就因为我太美丽了，"早被婵娟误"，可是我的美丽没有人欣赏，所以"欲妆临镜慵"，当我对镜要化妆的时候，"慵"，我就懒得化妆，我化妆给谁看呢？我化什么妆给什么人看呢？所以"欲妆临镜慵"，"承恩不在貌"。因为那些得到皇帝宠爱的人并不是容貌真正美丽的人。杨贵妃为什么能得到唐玄宗的宠爱？陈鸿写过《长恨歌传》，他说杨贵妃"先意希旨，有不能形容者焉"。杨贵妃之得到宠爱不只因为她的美丽，她还能"先意希旨"，能够测知皇帝的意思，在皇帝没有说话以前，她就按照皇帝的旨意去做了。《红楼梦》里边为什么宝钗战胜了，因为要点戏的时候，点菜的时候，宝钗总是揣摩贾母喜欢什么我就点什么，林黛玉没有这套功夫，所以薛宝钗就胜利了。所以这个美女就说了，说是"承恩不在貌，教妾若为容"，我虽然有才华的美好，当政的人他所看重的不是才华的美好。

现在我们就说了，好，因为有这样的一个culture code，所以张惠言就认为，温庭筠就有这样的托意。温庭筠果然有这样的意思吗？你说因为他有"蛾眉"，有"画蛾眉"，有"懒起画蛾眉"，有这么多的culture code，可是温庭筠真的有这样的托意吗？温庭筠，历史上记载说是一个浪漫的，喜欢听歌看舞的这样一个年轻子弟，有这样的用意吗？温庭筠有两面，有这个浪漫的记载，但是温庭筠自己的诗里边曾经写过他自己的不得志。唐朝有一次"甘露之变"，满朝的文武都被杀死了，宰相王涯也死了，温庭筠经过宰相王涯的住宅，写了一首诗。一个太子被废弃了，而且被杀害了，他为这个太子写了悼念的悼词。他在国子监里面做老师，他把那学生讽刺时政的诗歌都"榜出"，都贴出来。所以，从他种种的行为可以看出，他是有政治的思想的，是有他的见解的，说温庭筠有托意，不是一件偶然的事情。

我们现在只是说，张惠言从温庭筠的小词里边看到这么微妙的、这样的一种意思。那么现在我们就要看一看张惠言自己写的词，有什么样的意思呢？张惠言有《水调歌头》五首，《水调歌头》五首给谁写的呢？是给他的一个学生写的。我们现在要看一看张惠言自己的词里边是什么意思。《水调歌头》，张惠言。"春日"，是一个春天，"赋示杨生子掞"，"赋"就是写作这个小词，"示"，给你看，张惠言

> 偶到乌衣巷，含情更悯然。
> 西州曲堤柳，东府旧池莲。
> 星坼悲元老，云归送墨仙。
> 谁知济川楫，今作野人船。
> ——温庭筠《题丰安里王相林亭》二首其一

> 叠鼓辞宫殿，悲笳降杳冥。
> 影离云外日，光灭火前星。
> 邺客瞻秦苑，商公下汉庭。
> 依依陵树色，空绕古原青。
> ——温庭筠《唐庄恪太子挽歌词二首》其一

写了小词给谁看？给他一个学生，姓杨，杨子掞，给他的学生看。这五首小词写得非常非常美妙。而因为张惠言是个学者，是个经学家，所以温庭筠的词的"蛾眉""画蛾眉""懒起画蛾眉"，还未必有什么深意，可是张惠言的这五首词是一定有深意的。他是用道德，儒家的修养，来勉励他的学生。道德的儒家的修养，能够写得如此之美妙吗？果然写得如此之美妙。

我们先看第一首"春日赋示杨生子掞"："东风无一事，妆出万重花。""出"字是入声，所以我念chù。"东风无一事，妆出万重花。闲来阅遍花影，惟有月钩斜。""斜"字押韵，念xiá。"我有江南铁笛（dí）"，"笛"入声，"要倚一枝香雪，吹彻玉城霞。清影渺难即，飞絮满天涯。飘然去，吾与汝，泛云槎。东皇一笑相语：芳意在谁家？难道春花开落，更是春风来去，便了却韶华？花外春来路，芳草不曾遮"。"遮"字押韵，念zhā。

> 东风无一事，妆出万重花。闲来阅遍花影，惟有月钩斜。我有江南铁笛，要倚一枝香雪，吹彻玉城霞。清影渺难即，飞絮满天涯。
>
> 飘然去，吾与汝，泛云槎。东皇一笑相语：芳意在谁家？难道春花开落，更是春风来去，便了却韶华？花外春来路，芳草不曾遮。

用五首写春天的美丽的小词，写儒家的人生的修养，几个不同的层次，几个不同的阶段，几种不同的境界，这是第一首，说得非常好。但是你一定要有对于文字的"微言"有敏锐的感觉才可以，"东风无一事"，就"妆出"了"万重花"。你做事的时候，你有什么目的去做的？你为什么要这样做？你是为了求名，还是为了求利？可是，宇宙、天地、大自然没有任何功利的意思，它就是这样子的。天地之生长万物，它就自然而然，就是天地有好生之德，所以"东风无一事"，那春风没有任何目的，没有任何追求，它就给我们世界装点出这么美丽的，各种各样的万重花朵，所以"东风无一事"，就"妆出"了"万重花"。

"东风"，是春天的风，是使万物萌生的风。正如李商隐的《无题》诗所说"飒飒东风细雨来，芙蓉塘外有轻雷"。

天地以好生为德，所以儒家说你要以天地之心为心，有好生之德。儒家说，任何一个人见到孺子将入于井，就要有恻隐不忍之心，这是你的仁心，这是好生之心。而现在如果你败坏了，如果社会的道德败坏了，连这个你都不动心了，就是死了。天地有好生之德，没有任何目的，没有任何追求，它给了我们这么美丽的世界，"东风无一事，妆出万重花"。你也欣赏了，"闲来阅遍花影"，是"惟有月钩斜"，所以我就趁着闲暇，我就欣赏，我还不只是欣赏花，我欣赏那"花弄影"，这小词之所以美妙，精微美妙，写那个美不是表面的粗糙的美，那么精致的美，"阅"就是我来看，我来欣赏，我欣赏的还不只是花，我欣赏那个花影的摇动的样子，"闲来阅遍花影"，从上边说出来当然是这个诗人，这个词人，张惠言的本身，我"闲来阅遍花影"。可是后边一句就更妙了，原来"阅遍花影"的还不是我张惠言，"闲来阅遍花影"，是"惟有月钩斜"，上天给你们这么美好的花，"万重花"，哪个人懂得欣赏天地好生之德的那"万重花"？大家都忙于自己的功名利禄，没有眼睛，没有闲情去欣赏那天地的好生的那"万重花"。所以"闲来阅遍花影"，只有谁在欣赏？只有天上那一钩斜月。人都去追求他

> 宋朝的朱熹写过一首题为《铁笛亭》的诗，诗前边有一个序，序里面说福建武夷山中有一个刘姓的隐士，这个人善吹铁笛——你看他吹的不是竹笛，不是玉笛，而是"铁笛"——当时有一个姓胡的诗人就赠给这位刘君一首诗，说"更烦横铁笛，吹与众仙听"。

们自己的功名利禄，什么人有时间去看这个没有利禄的"花影"？"闲来阅遍花影"，就"惟有月钩斜"。

可是我，这个词人，我被这"万重花"，我被天地的好生的这种美丽感动了，"我有江南铁笛，要倚一枝香雪，吹彻玉城霞"。说得非常好。天地给了我花，我以什么来报答天地啊？这个花这么美，我以什么来报答这花之美啊？我有什么？"我有江南铁笛"，所以小词真的是微妙，那个microstructure的那个微言就是很妙。你说我有"笛"，什么笛都可以，李太白说有什么笛？"黄鹤楼中吹玉笛，江城五月落梅花。"（《与史郎中钦听黄鹤楼上吹笛》）人家李太白说我吹的是一枝玉笛，张惠言说我有的是一枝"铁笛"，可是"铁笛"就很妙了，是哪里的"铁笛"，是"江南"的"铁笛"，这说得真的是妙。"铁"，是何等坚硬的，何等刚强的，可是"江南"让人联想到的是那种水乡，那种温柔，那种婉转，我虽然是"铁笛"，可是我有"江南"的感情，"我有江南铁笛"，我要吹一个美丽的曲子，报答那美丽的"万重花"的春天。我在哪里吹我这支曲子？"我有江南铁笛，要倚一枝香雪"，我要在什么地方吹？我要靠着一根树枝，那个树枝上开满了芬芳的雪一样的花。一般我们说到"香雪"，都是说梅花，那么高洁的、那么芬芳的、那么美好的，我要有"江南铁笛"，我有"铁"的坚强，我有江南的温柔，我要靠在美丽的梅花树下，"要倚一枝"，是"香雪",我要吹一个曲子。吹出什么样的曲子?他说我"要倚一枝香雪","吹彻玉城霞"。我要吹一支曲子,"彻",是贯通,我要吹我这支曲子,使我这个歌曲能够贯通,上彻于天,直到"玉城"。"玉城"是什么地方?也是李太白的诗,说"遥见仙人彩云里",怎么样?"手把芙蓉朝玉京"(《庐山谣寄卢侍御虚舟》)。"玉城"就是"玉京",想必天上如果有神仙的居处,一定是珠楼玉台的,一定是这么美丽嘛。所以那是天上的所在。"我有江南铁笛,要倚一枝香雪,吹彻"——我要使我的笛声,"彻"是贯通,我贯通到"玉城",贯通到神仙所居的天上,还不只是如此,所以真的是妙。我所吹的,是要感动那"玉城"上的云"霞"。这真是妙了。我感动了上天的"玉城"的云"霞","我有江南铁笛,要倚一枝香雪,吹彻玉城霞"。

可是,那"玉城"离我们这么遥远,我果然就真能够跟那个"玉城"有所沟通吗?所以他说"清影渺难即",那个天上的"玉城",那个月影如此之遥远,我不能够到那里去。李太白的诗说的:"举杯邀明月,对影成三人。月既不解饮,影徒随我身。暂伴月将影,行乐须及春。"(《月下独酌》)他后边说什么?说"永结无情游","相期"在"邈云汉"。如果人间没有我可留恋的,如果我向往的是天上,可是天是那样高远,所以"我有江南铁笛,要倚一枝香雪,吹彻玉城霞",然而"清影渺难即",那个云霞,那个云影,是那么遥远,当我还没有追求到的时候,春天走了,"飞絮

> 很多人都在追寻自己的理想,可是那些美好的理想都能够完成吗?不但你的理想可能会落空,而且你的青春年华也是不等待你的啊。

满天涯"啊。你有一个理想,你要追求,你要用尽你的全心全意,用你的"江南铁笛",你"要倚一枝香雪",你要吹到"玉城霞",还没有找到,还没有接触呢,"清影渺难即",春天走了,落花飞絮,落得满地都是,完全都落了,"飞絮满天涯"。你怎么样?

你要知道张惠言写这首词,是写给他的学生的,你应该有理想,你应该追求,你如果追求不到,你怎么样呢?所以他说了,"飘然去,吾与汝,泛云槎"。我就不在这里追求了,我跟你离开这里。孔子也说过,我要行道,我周游列国,希望有一个国君听我的话,能够把我的理想的政治实行在地上,没有,孔子说,"道不行,乘桴浮于海"(《论语·公冶长》),我就弄个木筏,我就到海上去了。所以如果你所追求的不能够得到,你虽然洁身自好,你"有江南铁笛,要倚一枝香雪",你要"吹彻玉城霞","清影渺难即",你没有追求到,那么已经"飞絮满天涯",你怎么样呢?"飘然去,吾与汝,泛云槎。"我想我们也跟孔子一样,"道不行",我就跟你,我们师生两个人,"乘桴浮于海"嘛。孔子也说,我要带着学生,我就去"乘桴浮于海"了。所以"飘然去,吾与汝,泛云槎"。可是就当我与你,我们要离开这个人间的尘世的时候,忽然间听到一句话,"东皇一笑相语:芳意在谁家?""东皇"是春天的神,"东皇",你说春天走了,我们没有追求到,我要带着我的学生走了,"飘然去,吾与汝,泛云槎",可是你忽然间仿佛听到,那个春神"东皇",就跟你说了话了,"语","语"就是两个人说话了,"东皇一笑相语",而且是带着微笑跟你说的。春天的那个春神，如此之多情。"东皇一笑相语：芳意在谁家？"你那美好的情思，那个理想，落空了吗？到哪里去了？"难道春花开落，更是春风来去，便了却韶华？"难道你的追求这么容易就落空了？就是春风吹来又吹走了，花开了又花落了，你的追求就落空了？春神就告诉你了，说虽然花落了，虽然春走了，"花外春来路，芳草不曾遮"。那"花外"，就是花落了，"花外"就是春天来的道路，没有什么给你遮断，你要想追求，春就在那里。

> 《论语·述而》上说："仁远乎哉？我欲仁，斯仁至矣。"孔子说：仁就那么难求吗？仁离你很远吗？只要你真的追求它，它马上就到了。

清朝有一个很有名的学者，叫俞樾，他有一次去参加考试，那考试的题目，作诗的诗题就是"落花"，俞樾这首诗的开头说什么？说"花落春仍在"。主考官是曾国藩，说这个学生写得好，花落了，春在我的心里边是存在的，就把他取了第一名。所以俞樾后来给自己书房取的名字，就叫"春在堂"，我的春是长在的。苏东坡晚年写了一首《独觉》诗，他说："浮空眼缬散云霞，无数心花发桃李。"我年老了，我眼睛昏花了，我就看见浮在空中都是模糊的云雾，"浮空眼缬"都是"云霞"，都是云雾，眼睛看不清了，"浮空眼缬散云霞"，我眼睛看不见花了，"无数心花发桃李"，在我的心里边有无数的花，桃花李花，在我的心里边开放啊。你没有追求到，你说那春天走了，花也落了，可是春天就在你的心里，"花外春来路，芳草不曾遮"，你要把春天留在你的心里，而不是向外去追求。

（熊烨整理）

第三讲

莺燕不相猜

我刚才讲张惠言的《水调歌头》五首的第一首，我对于张惠言这个作者有了一个简短的介绍，那么他的这个学生，我现在也想简单地介绍一下。

在张惠言的文集里面，有一篇序，这篇不是说我们写一本书，前面写的一个序。古人所谓序，有所谓赠序，就是写一篇文章送给一个朋友，比如说像韩退之《送孟东野序》之类的，就是送给一个朋友的赠序。在张惠言的文集里边，有一篇文章，叫《赠杨子掞序》，就是送给这个学生的一篇序。不过这篇序虽然是张惠言写的，可是并不是张惠言自己要写给这个学生的，而是代人所作。张惠言有几个学生，其中一个学生要送给这个杨子掞一个赠序，他请老师替他做了。也因为是老师，大概特别欣赏这两个学生，所以张惠言这位老师就替这个学生写了一篇文章赠给那个学生。

那么从这个老师的角度，老师怎么说的呢，老师替他那个学生，赠序的学生说，"先生数言"，他说我们的老师常常提起来说，"子掞可与适道"啊。说这个学生可以跟他"适"，"适"就是往，就是这个学生可以跟他一同去追求学道。这个学道不一定是修行，入到终南山里面去学道，这个学道是我们儒家说的"士志于道"（《论语·里仁》）。这是孔子说的，一定要追求的是道，道就是一种最高的，一种做人的理想和标准。

他说老师常常夸奖，说这个学生可以跟他一同去追求儒家的道。而且这个文章里面还有一段话，杨生自述其学道之经历，这个学生要学道。很多学生是听老师说学道，然后说我们也要学道。可是学道是那么简单的事情吗？学道是那么容易的事情吗？你如果真是要学一个最高的标准，孔子说"不怨天，不尤人，下学而上达"（《论语·宪问》），孟子说"仰不愧于天，俯不怍于人"（《孟子·尽心上》），你能够做到这样子么？

　　孔子也曾经说追求道不是一件容易的事情。《论语》里面有一段说了，有的人是可以跟你论道、谈道，说起来头头是道，可是，没有一丁点儿实行，都是空言、诳言、大言。所以有的人是可以论道，但不能够真正地追求道。有的人"可与适"，就是往，就是追求道，但是不可以立，他站不住脚。他今天这边追求两下，明天那边追求两下，他不能够持守住啊。孔子说"可与立"，就算有一个人他追求一个道，他也守住了，他立定了，孔子说，还不可"与权"呢。权就是权力的权，也就是权变之权。他说有的人是论道，可与言，你可以跟他说，但是你不能跟他"适道"，不能够追求；你可以跟他去适，去追求这个道了，他不可"与立"，他不能持守住，他今天也追求明天也追求，这边走两步那边走两步，他不可以立；可是孔子说还有一个最高的境界，是"可与立"，还要"可与权"呢！就算有一个人，他要追求道，他也持守住了，但是他不知道权变，也不行。

> 可与共学，未可与适道；可与适道，未可与立；可与立，未可与权。
>
> ——《论语·子罕》

　　孟子说，圣人有几种。"伯夷，圣之清者也"，反正我身上不能沾上一点污秽，圣之清者；"伊尹，圣之任者也"，可以五就汤，五就桀；"柳下惠，圣之和者也"，不羞污君，不耻恶名，我侍奉一个国君，这个国君不是一个理想的国君，我做了这件事情被你们大家不谅解，我不畏惧，我不逃避。像伯夷，如果我做的这件事情是不合乎清者的道德的，我就不做，因为我不愿意玷污我清者的持守。而柳下惠，我不怕我自己被玷污，该做我就做了，所以每个人的持守不同。而孔子，孟子说是"圣之时者也"（《孟子·万章下》）。应该清的时候就清，应该任的时候就任，应该和的时候就和，那是权，那就是权变。权是一个秤杆，上面有个秤砣，你要让它保持平衡，你不能老在这里，这边重了这边就斜下去，这边轻了那边又斜下去了，所以你要随时调整你这个秤砣，你才能保持它的平衡。

但是一般人，没有这个调整的智慧，能够认定一个法则遵守就不错了，是不可"与权"。所以追求道不是一件容易的事情。张惠言说，这个学生自述其为道的经过，说："子揆尝自言：'自吾闻仁义之说，心好焉。'"我听老师讲到道，讲到仁，讲到义，我内心也向往，我也要追求。"既读书，则思自进于文词。"我听老师教我们读书、读文章，我也想把文章写好。所以老师说道，我也想追求道；老师说文，我也想学文。可见杨生确有好学向道之心。不过杨生也曾经说他有过内心的矛盾，谓其往往"忽然而生不肖之心"，可是他忽然间会动了一些不好的念头；有"乖沴之气"，有一种邪恶的、不正当的气；"类有迫之者"，我也不愿意做这样的坏事，不愿意有这样不好的念头，可是不知道怎么样我就有了，我就做了。这种矛盾跟痛苦，也是一个好学向道之人可贵的一种反思。所以现在张惠言就勉励他的学生，在追求道的时候，会遇到什么样的问题，应该怎样去面对。

现在我们就讲第三首了。刚才我们是讲，说是春天，上天给了我们这么美好的春天，可是你如果不能够留住春天，春天不能够留住吗？他说春天就在你的心里啊！"花外春来路，芳草不曾遮。"还有什么样的遭遇，还有什么样的试探，还有什么样的可能会发生？所以第三首，张惠言就又写了一种情况。很妙的，那真的是小词之中的一种修养与境界，非常微妙，微言。

"疏帘卷春晓，蝴蝶忽飞来。"写得真的是美！"东风无一事，妆出万重花。""疏帘卷春晓，蝴蝶忽飞来。"把帘子打开，"疏帘卷春晓"是一个春天，一个早晨，"春眠不觉晓，处处闻啼鸟"（孟浩然《春晓》），"疏帘卷春晓，蝴蝶忽飞来"。一个春天的早晨，你把帘子一卷开，就有一只蝴蝶飞来了，"蝴蝶忽飞来"。而且你的帘外，你的窗外，不只有蝴蝶飞来，还有什么？"游丝飞絮无绪，乱点碧云钗"，外边有游丝。春天有很多游丝，科学家说，游丝就是春天的昆虫的分泌物，游丝，还有柳絮，满空中都是那春天的诱惑，游丝飞絮。"无绪"，它没有一个条理，也没有一个道理，它就飞到你的身边，还飞到你的头上，"乱点碧云钗"。作为一个女子，头上插着一个碧玉的、翠绿色的玉簪，是"碧云

疏帘卷春晓，蝴蝶忽飞来。游丝飞絮无绪，乱点碧云钗。肠断江南春思，黏着天涯残梦，剩有首重回。银蒜且深押，疏影任徘徊。

罗帷卷，明月入，似人开。一尊属月起舞，流影入谁怀。迎得一钩月到，送得三更月去，莺燕不相猜。但莫凭栏久，重露湿苍苔。

钗",而那游丝飞絮,就缭绕到你的玉簪钗头之上了。韦庄写过一首词,说:"春日游,杏花吹满头"(《思帝乡》),那春天的花落得你满头都是,游丝飞絮,就绕在你的玉钗上了。"游丝飞絮无绪,乱点碧云钗",不是你的选择,就是春天来了,春天的蝴蝶就来了,春天的游丝飞絮,就沾惹在你的头上了。于是你就被那个蝴蝶,被那游丝飞絮惹动了。你就动了情,你又动了心,"肠断江南春思,黏着天涯残梦,剩有首重回"。

李商隐有一首诗,他说"飒飒东风细雨来"(《无题》)。飒飒是风雨的声音,东风,春天的风,伴随着春风,伴随着飒飒的风声,还飘来了春雨。"飒飒东风细雨来",春天真的来了,不再是那寒冷的风雪了。"飒飒东风细雨来,芙蓉塘外有轻雷。"芙蓉就是荷花,那荷花塘的上面就响起了春雷。我们古人说,冬天万物都伏藏了,虫子都藏在地下了,春雷一响,惊眠起蛰,把那些昆虫都惊醒了。植物惊醒了,昆虫也惊醒了,人也醒了。什么醒了?你的感情就醒了。

"飒飒东风细雨来,芙蓉塘外有轻雷。金蟾啮锁烧香入",他说女孩子就在香炉里面点了香,把这个燃烧的、热情的香锁在一个金炉的里边,而且盖上盖子,锁住它,"金蟾啮锁烧香入"。春天来了,草木萌生了,昆虫都复苏了,你的心就动了,你的内心就燃起了一种热情。"金蟾啮锁烧香入,玉虎牵丝汲井回",就牵动了你的万丈情思,就如同那个打井水的人,在辘轳上转的时候,那千万股丝线拧成的绳就把水打上来了。水代表你的感情,所以唐朝人说"波澜誓不起,妾心古井水"(孟郊《列女操》),水动了,水被打上来了,你的感情也动了,你的心也动了呢!"飒飒东风细雨来,芙蓉塘外有轻雷。金蟾啮锁烧香入"的那个深藏着的感情,"玉虎牵丝汲井回"那么缠绵婉转的情思。你动了情以后追求什么,你追求一个爱情的寄托的对象。

所以"贾氏窥帘韩掾少"。说晋朝贾充的一个女儿,偷看他父亲的朋友。他父亲有一个下属,一个年轻的属官叫韩寿。这韩寿"美姿容",是一个美少年,所以贾充的女儿在帘子后看到韩寿就动情了。"贾氏窥帘韩掾少",是因为这个男子的青春美貌,而这个女子动情了。

"贾氏窥帘韩掾少,宓妃留枕魏王才。"宓妃是相传三国时候的甄宓,传说她跟曹植有一段情。她后来嫁给曹丕,是曹丕的妻子,可是她其实欣赏的是有才华的曹植,她死去以后,哥哥曹丕就把她的一个枕头给了弟弟曹植。这个传说未可尽信,但是书上有这样的记载。宓妃留下一个枕头,为什么?因为倾慕的是陈思王曹植的才华。

所以当春天来了,当你动情了,当你动心了,你就有了感情的投注。是为一个像韩寿一样的美貌的男子而投注了你的感情,还是为了一个有才华的像陈思王曹植这样的人投注你的感情?贾氏窥帘是因为韩掾少,宓妃留枕是因为魏王才。可是李商隐最后说什么?说你的"春心莫共花争发",你那个春天的多情的心,你不要跟花一起开,你看到花开,你的心也开了。他说"春心莫共花争发",因为"一寸相思一寸灰",因为你追求的结果都是落空的,都是断肠的。总而言之你有了情,就有了悲哀。所以不管是贾宝玉,不管是林黛玉,不管是薛宝钗,都是有得就有失,有爱就有恨,有聚就有散。

人们常常对青春对享乐有一种盲目的追求，而这追求又常常会得到一个落空的、被伤害的下场。你只有经历过了这样一个阶段，在回首往事的时候你才会明白：如果你只有对外的追求，如果你失去你自己，那么你纵然得到了某种欢乐，那也是短暂的。

所以你"春心莫共花争发"，因为"一寸相思一寸灰"啊。

所以现在，张惠言就警告他的学生，"疏帘卷春晓，蝴蝶忽飞来。游丝飞絮无绪，乱点碧云钗"。你沾惹上情思了，"肠断江南春思，黏着天涯残梦"，最后落到什么？落到你的肠断，落到你的梦断天涯，"黏着天涯残梦，剩有首重回"，只剩下一段回忆而已了。所以"银蒜且深押，疏影任徘徊"。你不要为外界的，还不是说感情，张惠言所预言的，外界的富贵利禄，这个五音那个六色的，你不要为它们所迷乱，"银蒜且深押"。你不要看见外面的蝴蝶、看见游丝飞絮你就动情了。"银蒜"是一个像蒜头一样的东西，银做的，古代的帘要垂下来的时候，恐怕它被风吹动，所以就在那下面绑上银蒜，这个帘子就不动了。所以"银蒜且深押"，你把你帘子放下，用银蒜把它压住，"银蒜且深押，疏影任徘徊"，任凭外面的花影摇动，任凭它徘徊的闪动，你关起来不要被它诱惑。

后边这一段才是妙呢。你说外面的诱惑，所以你迷乱了，"一失足成千古恨"，你不要被外面所迷乱啊，所以你把帘子关下来了。可是他后面又说打开了："罗帷卷，明月入，似人开。一尊属月起舞，流影入谁怀。"这就是非常妙的一点，这小词真的是太妙了，这张惠言的想象也太妙了，说法也太妙了。外面那个竹帘你放下来了，压住了，可是你自己在晚上，你把那帷，帷是那薄纱的窗帷，你把它卷起来,为什么?因为你看到天上有明月,你让明月照进来了。"罗帷卷,明月入,似人开。"这是另外一番境界了。这是苏东坡,我前面说苏东坡写诗,说"浮空眼缬散云霞,无数心花发桃李",我眼睛看不见,我心里花开了。苏东坡还写了一首诗:《六月二十日夜渡海》,他说"天容海色本澄清"。他说多少乌云、多少风雨都过去了,风雨是一定会散的,风雨是不会久长的,所以我现在是"天容海色",天还是蓝的,月亮还是亮的,天容海色,我的根本是澄清的。那些浮云,那些乌云,那些风雨,都是暂时的来到,我本心跟明月一样,万古都是光明的,也永远是澄清的,所以"罗帷卷,明月入,似人开"。你把你的心就向着明月敞开了,似人开。"一尊属月起舞,流影入谁怀。"你就拿了一个酒杯,你不敬,所以你的这个酒杯不敬给世间的那些不值得你敬给的人——这个好像冯正中写过:金樽,我要拿起金樽敬一杯酒,我要敬给当筵的,"谁是当筵最有情"(冯延巳《抛球乐》),谁是筵席之中最多情的、值得我敬的那个人,我是有一杯酒,我敬给谁呢?所以他说"罗帷卷,明月入,似人开。一尊属月起舞",我就拿了一个酒樽,我就敬着天上的明月,我就对月起舞,"一尊属月起舞,流影入谁怀"。月光的影照着我的影子,我跟月光的影子要投向哪里?李商隐有一首诗,《燕台四首》的其中一首,说是"桂宫流影光难取",长满了桂花的月宫之中留下来的光影,我们能够掌握住吗?你的光影投向哪里?所以他说"一尊属月起舞,流影入谁怀"。你要怎

> 参横斗转欲三更,苦雨终风也解晴。云散月明谁点缀,天容海色本澄清。
> ——苏轼《六月二十日夜渡海》

> 刚才第一次卷起疏帘所得到的那一番景象是属于外在的，外在的繁华对你的诱惑和冲击会使你迷失。现在则不同了，是你自己心里边有一轮明月升起来了，这是一种新的境界。

么样呢？"迎得一钩月到，送得三更月去，莺燕不相猜。"你经历了这一个阶段，你从一钩新月，"迎得一钩月到，送得三更月去"，到把那月亮送走了，你经过这一段经历，你是"莺燕不相猜"。外边的那些蝴蝶莺燕对你不会有任何猜忌，不会引起这种动念了，"莺燕不相猜"。可是张惠言还嘱咐他的学生，你不要被外界的蝴蝶啦、那些飞絮游丝所迷乱，你要跟明月结成朋友，"举杯邀月饮"，你要有一种内心的光明。我的心地是光明的，"天容海色本澄清"，那个时候，"迎得一钩月到，送得三更月去"，你对于天上的明月有过这一次交往，"莺燕不相猜"，你对于世间的莺燕的那种喧哗迷乱，你不会再被它迷乱了。

你看这张惠言说得如此之妙，跟他的学生，说人的修养。他最后说了："但莫凭栏久，重露湿苍苔。"古代的读书人，还不是我们所说的男女的感情，说你追求的是感情，像李商隐，像张惠言，他们所说的你动心动情都是什么？都是修身齐家治国平天下，追求一份事业、一份功业。所以李商隐曾经写过两句诗："永忆江湖归白发，欲回天地入扁舟。"（《安定城楼》）说是"欲回天地"，我才"入扁舟"，"永忆江湖"，我白发才归隐。我也要归隐，我也要脱身，可是我要在世界上建立一番功业啊。"永忆江湖"，白发才归，我挽回天地后才回到扁舟上去归隐。那么你如果真是要求在人世间有所完成，有一番功业，你躲在家里，成吗？所以你要出来。

连孔子都是如此。孔子到各地去周游，他希望有一个国君能够任用他，能够实现他的政治的理想，可是没有遇到。他的学生就用一个比喻来问他，孔子跟他的学生都是诗人，都很会用形象的比喻，所以学生就问老师了，说"有美玉于斯"，你是"韫椟而藏诸"，还是"求善贾而沽诸"？说如果你现在有一块美玉，你是把它放在一个锦盒里边藏起来呢，还是拿出来找个好价钱就卖掉呢？这是学生问老师的话，老师说什么？孔子说："沽之哉！沽之哉！我待贾者也。"（《论语·子罕》）说我这块玉是要卖出去的，我等个好价钱就卖出去。所以古代的读书人是学以致用，都要修身齐家治国平天下的。你不能老藏起来啊，所以你要出去。

可是《古诗十九首》里还有一首说："西北有高楼，上与浮云齐。交疏结绮窗，阿阁三重阶。上有弦歌声，音响一何悲。"诗中这个女子始终没有出现，她并不等待大家欣赏，因为她的价值并不建立在别人的欣赏上。

但是，"但莫凭栏久"啊，你靠在栏杆，靠在栏杆是给人看的，你没有藏在里边。你看《古诗十九首》中的一首说："盈盈楼上女，皎皎当窗牖。娥娥红粉妆，纤纤出素手。"她站在楼窗，凭着栏杆，她是把她的美貌给人看，要把她自己卖出去的。"但莫凭栏久"。你是要致君行道，你是要修身齐家治国平天下，但是你不要只向外追求，为什么？因为"重露湿苍苔"。你在栏杆的外边站久了，那露水就打湿了苍苔。这当然是李太白说的《玉阶怨》，但是这里边有一个《诗经》的出处，有一个"厌浥行露"。露水打湿了你的衣服或者你的鞋子，代表你受到了污秽。所

《诗经·召南》里边有一首诗叫《行露》："厌浥行露，岂不夙夜，谓行多露。"说一个女子不愿意夜晚出去幽会，她说：我怕露水把我的衣服打湿了。露水把衣服打湿了，代表的是一种外在的沾染和污秽。

以孔子一方面说:"沽之哉!沽之哉!我待贾者也。"可是孔子也说:"人不知而不愠,不亦君子乎?"(《论语·学而》)没有人欣赏、没有人任用的时候,你不要内心恼怒,你自己是可以完成你自己的,他说:"不患人之不己知,患不知人也。"(《论语·学而》)你不要老想炫耀自己,老说这个人不了解我,这个人不认识我的才能,你不要总是这样说。你求人用,但是你不可以炫耀。而且如果不得人知,你不应该为此而懊恼悔恨,即使没有一个人知道你,你自己是可以完成你自己的。孔子所以后来也说了,我"不怨天,不尤人,下学而上达,知我者其天乎?"(《论语·宪问》)我是跟上天有往来的,我跟明月有往来的,你们知道不知道有什么关系呢?所以你看这首词写得非常妙,写外界的诱惑,写自己的回来,写自己对明月的觉悟,写自己对自己的约束。

好,我们要再看《水调歌头》的最后一首,看他最后是怎么结尾的。《水调歌头》其五:"长镵白木柄,剧破一庭寒。三枝两枝生绿,位置小窗前。要使花颜四面,和着草心千朵,向我十分妍。""十"字是入声。"何必兰与菊,生意总欣然。 晓来风,夜来雨,晚来烟。是他酿就春色,又断送流年。便欲诛茅江上,只恐空林衰草,憔悴不堪怜。歌罢且更酌,与子绕花间。"

老师说了,他都是一直从春天作比喻的,"东风无一事,妆出万重花"。"长镵白木柄",有一个长的铲子,他为什么要说"长镵",而且长镵还有一

长镵白木柄,剧破一庭寒。三枝两枝生绿,位置小窗前。要使花颜四面,和着草心千朵,向我十分妍。何必兰与菊,生意总欣然。

晓来风,夜来雨,晚来烟。是他酿就春色,又断送流年。便欲诛茅江上,只恐空林衰草,憔悴不堪怜。歌罢且更酌,与子绕花间。

个白木的柄。这古人写诗,说这个字用得不妥,这个句子用得不妥,生硬、笨拙、俗滥,这是指的选词。你要写一把铲子,"一把铲子",你这样写了,这个太低俗了。什么样的铲子?长镵有白木柄。"长镵白木柄"还不是随便说的,"长镵白木柄"是谁的铲子?是杜甫的铲子。杜甫有诗句:"长镵长镵白木柄,我生托子以为命。"(《乾元中寓居同谷县作歌七首》其二)所以我们说古人作诗"无一字无来历",有出处才典雅。"长镵白木柄,劚破一庭寒",劚就是用这个铲子铲破了,破开。本来是冬天,都是天寒地冻,你有一把铲子,你把那寒冷的、坚硬的、冻的土地劚破了。怎么样?你就种了生命,种了花草,"三枝两枝生绿,位置小窗前"。你种出花草来,三枝两枝,那么新鲜的、带着生命的绿颜色的植物。你把它们采回来,你安置在你自己那个房间的书桌的窗前。这个春天,不是人家给你的恩惠,是你自己亲手拿着铲子劳动,破开寒冻的土地,你自己种出来的!正如西方的哲学家马斯洛(Abraham Maslow)说的,你要有 self-actualization,你是自我完成的你自己。所以我是亲手劳动的,"劚破一庭寒。三枝两枝生绿,位置小窗前"。后面写得真是美:"要使花颜四面,和着草心千朵,向我十分妍。"不是跟你们要来的春天,是我自己种出来的。我"要使花颜四面",我把我种的花草,放在我的窗前,那花颜四面,四面都是美丽的花。小草,那个草心,是"草心千朵,向我十分妍"。我自己种出来的花,我自己种出来的草,那花颜四面、草心千朵,我看起来是如此美丽,"相看两不厌"(李白《独坐敬亭山》),"向我十分妍"。

> 它们给了你生命，同时也是它们断送了你的流年。

"何必兰与菊，生意总欣然。"你说，他们都种出来名贵的花来，他们种了兰花，他们种了菊花，他们种出来玫瑰茉莉，我怎么种出三枝两枝的小花呢？不用比，这是你自己种出来的，所以"何必兰与菊"，你何必跟人家去比？管他种的是兰花还是菊花，"生意总欣然"，你自己种出来的，你有你的生命，你就有了你的春天，你就是self-actualization，你就自我完成了。我常常跟学生说，自我完成不是说你要什么，成什么名，成什么家，有什么功劳，有什么事业，是你自己完成了你自己。所以"向我十分妍。何必兰与菊，生意总欣然"。

可是你种，就那么容易地种出来吗？不管是种花种草，是种你自己的心田。他说"晓来风，夜来雨，晚来烟"，你都会有种种的磨难和经历。早晨有寒风，黑夜有冷雨，傍晚有那样的烟雾。你不要害怕，你不要害怕那寒风冷雨和烟雾，"是他酿就春色"。孟子说了："天将降大任于是人也，必先苦其心志，劳其筋骨，饿其体肤，空乏其身，行拂乱其所为。"（《孟子·告子下》）你不要害怕，那些磨难是成就你的。所以他说，"晓来风，夜来雨，晚来烟。是他酿就春色"。可是张惠言说得彻底："又断送流年"。人的年华是留不住的，不管你努力地追求什么，就算你种出你的花朵，"花颜四面"，"草心千朵"，"向我十分妍"，可是，你的年华也是这样消逝的。

于是又有人说了，"便欲诛茅江上"，说我就不在世间追求了，我又何必留在这个名利场中呢？"便欲诛茅江上，只恐空林衰草，憔悴不堪怜。"古人说的"诛茅"，就是把一片荒地的茅草除掉，我要盖一个房子，住在这里了。"诛茅江上"，在江上我开辟一片土地，砍去了茅草，我要自己盖一个房子来住了。这是什么？我离开人世了，我离开这个尘世，尘世是污秽的，尘世有杂乱的，尘世有罪恶的。好，我脱离了尘世，我做了隐士了。我离开你们了，我就走了，所以"便欲诛茅江上"。"只恐空林衰草，憔悴不堪怜"，你就说我退隐了。孔子说，"鸟兽不可与同群"，孔子不鼓励人退隐，山野之间的鸟兽不是人类，它不可能跟你有情感心灵上的交流。"吾非斯人之徒与而谁与？"（《论语·微子》）我如果不是跟人类在一起，我跟什么在一起呢？所以张惠言说他的学生，求道的这个尺寸，我们说这个"权"，是非常关键的。你追求了，自己站不住脚，是不对的；你脱离这个尘世去隐居了，也是不对的。你怎么样选择呢？你怎么样选择你的出处？孟子说："可以仕则仕，可以止则止。"（《孟子·公孙丑上》）你应该清的时候你要有清者的持守，应该任的时候应该有任者的担荷啊！你不是躲起来就算了，所以他说"只恐空林衰草，憔悴不堪怜"。那么我跟我的学生，用种种美妙的微言，说了这么多的道理，是"歌罢且更酌，与子绕花间"，我们把这几首歌唱完了，我们再斟一杯酒吧，我要带着你，我们绕花间，我们就在这个春天的花丛之间，我们再徘徊一下。花丛是什么？是我自己种出来的花，我有那"花颜四面"，我有那"草心千朵"，

> 放弃入世的理想，孤独地离群索居，那绝不是儒家对待人生的办法。你应该勇敢地面对一切，承受它的"晓来风，夜来雨，晚来烟"，成就你自己，找到你自己的春天。

> 清代词学家谭献说张惠言的这五首《水调歌头》是"胸襟学问,酝酿喷薄而出。赋手文心,开倚声家未有之境"(《箧中词》卷三)。

"歌罢且更酌,与子绕花间"。

张惠言的五首《水调歌头》,他所讲的,都是儒家的修养,可是他写得如此之美妙。前面我跟大家介绍了,小词的篇幅是短小的,内容是没有那些言志的、高谈阔论的理论的。可是就是这些小词,用这种美妙的、不重要的语言,用什么花草跟美女,写出来微言大义,这就是小词之中蕴含的修养与境界。

但是呢,我们今天虽然把张惠言结束了,可是我们没有停止在这里,因为张惠言的词,他的《词选序》,他的理论是提出来,词里面是可以看到这样的微言大义的,我们也相信,以张惠言的理论,他有这样的理论,所以他写出来的这五首词决然、真的果然是有微言大义的。可是张惠言说温庭筠的那些小词,美女跟爱情,也有什么寄托,那温庭筠果然有吗?所以后来就有人对他提出质疑。对他提疑问的一个人,也是一个很有名的学者,他并不专以词名,而是一个非常博学的学者——王国维。张惠言也是个学者,他只是偶然写了这一篇《词选序》,他也喜欢写词,写了几首小词。但是他真正是个儒学家,是个经学家。王国维也同样是个学者,研究甲骨文,考证古史,可是他也留下来一卷词话,那就是《人间词话》。

王国维对于张惠言颇有微词,不赞成张惠言的说法。因为张惠言说温庭筠的小词里边写美女跟爱情的都有微言大义,有比兴寄托。王国维说:"固哉,皋文之为词也!"固就是顽固,皋文是张惠言的字,他说真是顽固啊,这个张皋文说词，真是说得顽固。所以他不赞成张惠言。那么王国维自己说词呢？他也从词里边看出来很多词外的意思。他说："词以境界为最上，有境界则自成高格，自有名句。"他又说南唐中主的词"菡萏香销翠叶残。西风愁起绿波间。还与韶光共憔悴，不堪看"，南唐中主的这首《摊破浣溪沙》大有"众芳芜秽，美人迟暮"的感慨。"众芳芜秽""美人迟暮"是谁说的话？《离骚》上屈原说的话。张惠言说温庭筠《菩萨蛮》"照花"四句有《离骚》"初服"之意，也是用了《离骚》来说的。王国维说张惠言用《离骚》来讲温庭筠是不对的，那么，王国维用《离骚》来讲南唐中主的词就是对的吗？

下一讲我们就要探讨王国维的词论。而且我们要弄清他们两个人的词论的失误的地方在什么地方，他们有见解的地方在什么地方，我希望能够用西方的理论给它一个理论上的说明。因为我们中国的传统，我们能够说的诗词里边的意思，我们只能说比兴，我们只能说《离骚》，所以动不动就是《诗经》的比兴，动不动就是屈原的《离骚》。难道就没有更恰当的、更合逻辑的、更具有理论性质的话，来解说我们诗词里边这么丰富的含义是怎么来的，究竟是些什么东西？所以我们要探讨这些问题。

（刘冰亚整理）

第四讲

感士不遇

我在第一讲中已经简单地说过了，词这种文学体式，它的名字叫作词，本来并没有什么深刻的意思，词就是歌词的意思，是配合隋唐以来一种流行的音乐——燕乐而歌唱的歌词。本来是在市井之间流传的，可是自从这个赵崇祚，赵崇祚是后蜀时代的人，他编的《花间集》在后蜀广政三年（940）编成。欧阳炯的《花间集序》我们上次也讲过了，他说为什么编定了这个集子，它所收辑的就是这些年来文人诗客他们为那个流行歌曲写作的歌词。本来一般市井之间所唱的流行的歌曲是比较通俗的，不是十分典雅的。而欧阳炯所写的《花间集序》，他特别地提出来说，是诗客的曲子词。编选的目的我们上次也讲过了，为了使文人集会的时候歌唱这些歌词，是交给美丽的歌女去歌唱，是增加他们饮宴的欢乐的，所以他给这个集子起了一个题目，就叫作《花间集》，是 Collection of Songs Among the Flowers，非常香艳的、讲美女跟爱情的歌词。本来这样的歌词一般说起来并没有深意，这是我们所以在讲题上为什么把它叫作小词的意思，因为它不像是言志的诗歌，不像是载道的古文，就是用游戏的笔墨讲男女的相思爱情的。

可是就是这样子，本来不是严肃的笔墨的歌词的词，反而表达了很幽微、很深远的一些修养、境界，这是很奇妙的一件事情。为什么这种歌筵酒席上，给美女去唱的歌词，写相思跟爱情的，里面会表现了士大夫甚至于在他们言志的诗歌里边都不能够表达出来的最幽微的、最深隐的，他们内心深处的一种修养与境界呢？

> 五代北宋之诗，佳者绝少……以其写之于诗者，不若写之于词者之真也。
> ——王国维《人间词话》

关于这种情况，王国维的《人间词话》曾经说了一个理由。他说宋朝的人，诗不如词，王国维《人间词话》中说的。他说宋人，他们写的诗，宋诗，不如他们写的歌词。宋人的诗不如词，他说为什么缘故呢？因为他们写在诗里边的内容情意，不如他们写在词里的情意更诚实、更真切。为什么？因为诗，大家先有个很严肃的理念，认为诗是言志的，认为我写诗就是表达我自己的思想、志意。诗，杜甫说的"致君尧舜上"，我要"再使风俗淳"（《奉赠韦左丞丈二十二韵》），这是诗里边所要表达的，所以诗人写诗的时候，先存了这样一种意念，都是找那种光明的、体面的那些话来说。而且那些话，当然很多诗人是真诚的，可是有的时候总是做一个外表给人看，就不免有假大虚空之处。可是歌词的词呢？它就是写给歌女去歌唱的，是不严肃的。宋代著名的诗人黄庭坚也写词，写美女跟爱情，有一个学道的朋友，曾警告黄庭坚说，说你多写诗没有关系，"艳歌小词"，说你写这种艳歌，写这种不正经的小词，"可罢之"，你算了吧，你不要写这个无聊的相思爱情的歌词了。黄庭坚如何回答他这个学道的朋友？黄庭坚就说了，他说："空中语耳。"他说我写的相思怨别、美女爱情的小词，不是说我真有婚外的感情了，不是说我真的跟一个女子发生关系了，我不过是游戏笔墨，是"空中语"。就是因为有这样的观念，所以他觉得我随随便便什么都可以写进去，这个不代表我自己，我把任何的浪漫的相思的感情都可以写进去，这不是我的言志。所以他们写的时候精神上就放松了。而在放松以后，人会怎样呢？我们常常说，你要观察一个人，说"观人于揖让"——你要看一个人？怎么样一个人，你看作揖、礼让，在大庭广众之间的会议厅上，每一个人都是彬彬君子——"不若观人于游戏"，当他不在大庭广众的时候，当他跟人嬉戏游乐的时候，他才把他的本来的面目彰显出来。小词唯其不是严肃的，不是言志的诗篇，所以反而流露了那些诗人、词客内心之中最幽微、深隐的一种情思。

这种现象是慢慢地被人发现的，因为大家本来都是给歌曲写歌词，那么这些歌曲的歌词就慢慢被人家发现里边居然可以有一些幽微、深远的意思。这个我们在上次讲张惠言的《词选序》的时候也曾经提到过，宋朝的人就开始发现写爱情美女的小词里边可能有一些深远的意思。像刘克庄，南宋时候的人，他说："借花卉以发骚人墨客之豪"，表面上写的是鲜花美女，但是它里面是写的那些读书人，骚人墨客的豪情；"托闺怨以寓放臣逐子之感"，表面上是写那相思怨别的女子的闺怨，可是它所表现的是放臣逐子的感慨。不过呢，因为刘克庄的这几句话是为他的一个朋友所写的，当时一般读书人的观念，还是认为小词是不正当的，所以他要替他的朋友挽回一个面子，他说我的朋友虽然写一些花卉、闺怨，写那些花草、美女，其实里面是有很深刻的意思的。所以这种论述，不是一个客观的论述，是替他的朋友挽回面子的话。所以小词里面有这种包含深刻意义的可能，但是没有人在理论上肯定它，说一定可以这样写。

那么这种肯定，我上次讲的，是直到张惠言的时候，他在《词选》的序言里边说了这样一段话。《词选》是张惠言所编的一个词的选集。张惠言是在什么样的场合，什么样的背景之下编选的这个选集呢？当时的张惠言在一个姓金的大学者家里边做私塾的家教的教师。那些学生们想要跟张惠言学词。张惠言是一个经师，是研究中国的经书的一个学者。他在另一个研究经学的学者家里做家教，他不好意思说我就是要给我的学生读这些香艳的小词，所以他就在他所编选的那个《词选》的序里提出来说，词"意内而言外"，词里边有很深的含义，是在言辞以外的，在它语言所写的美女爱情以外，包含有深意，是"极命风谣里巷男女哀乐，以道贤人君子幽约怨悱不能自言之情。低徊要眇，以喻其致。盖诗之比兴，变风之义，骚人之歌，则近之矣"。这是我们已经讲过的，所以今天我不再详细地讲。说小词里面有一种非常微妙的作用，它还不只是说我把我的感情、思想说出来了，它可以"道"，可以说明，可以表现，是贤人君子的最幽深的、最隐约的、最哀怨的、最悱恻的，而且是自己不能直接说出来的一种感情，小词里边表现这样一种微妙的东西。而且你在表现的时候还不能直说，说我是骚人墨客，我是不得意，不是这样说，是"低徊要眇，以喻其致"，写得婉转低回，写得幽微要眇，非常深微隐约的。"以喻"，"喻"就是表示，不是说明，它是表示，表示我的感情，我的这种幽微

《毛诗大序》云:"诗有六义焉。一曰风,二曰赋,三曰比,四曰兴,五曰雅,六曰颂。上以风化下,下以风刺上,主文而谲谏,言之者无罪,闻之者足以戒,故曰风。至于王道衰,礼义废,政教失,国异政,家殊俗,而变风变雅作矣……故变风发乎情,止乎礼义……是以一国之事,系一人之本,谓之风;言天下之事,形四方之风,谓之雅。"可见,风雅系于国事。

隐曲的感情的一种姿态。所以表面上是美女爱情,可是它是比兴,它在美女爱情以外,它有另外一层深意,就好像《诗经》里边的比兴,《诗经》里边的变风。《诗经》有正风、有变风。写美好的政治,美好的生活,那就是正风,"关关雎鸠,在河之洲。窈窕淑女,君子好逑",这是正风;说"硕鼠硕鼠,无食我黍",那是剥削者,有对于当时的社会的一些不满的言辞,那就是变风。你内心有不得志,有一种怨尤的感情,就用词来表现。就像《离骚》,《离骚》用美人香草来代表贤人君子的感情,张惠言是这样说的。

我现在所要讲的整个这一个系列,就是小词之中的修养与境界。从写美女爱情的歌词,后来大家隐约地体会里边可以有一种更深远的意思,明白地提出来的人,是张惠言。那么我们接下来要回顾一下历史:

欧阳炯写《花间集序》,是在后蜀的广政三年,即公元940年。欧阳炯所说的诗人文士给歌伎、酒女写的这种娱乐的歌词,是"庶使西园英哲,用资羽盖之欢;南国婵娟,休唱莲舟之引"。所以《花间集序》上说的,文人诗客给歌伎酒女写的关于美女和爱情的歌词,这是小词本来的意思。

可是张惠言在八百多年以后,写了一篇《词选序》,他从小词里边看到了更深微的意思。我们刚才也说了,这种意思也不是从张惠言才看出来,是在宋朝的时候,刘克庄替他的朋友写的序言——《刘叔安感秋八词》中提出的,不过他没有确定。到1797年,张惠言写《词选序》才肯定地说,小词里面有贤人君子幽约怨悱之情。

而到王国维的《人间词话》——王国维的《人间词话》是前后发表的,因为它有很多则,很多条词话,它是分批发表几段。1908年底至1909年初,先后在《国粹学报》上分三批发表——王国维的《人间词话》是发表在欧阳炯《花间集序》以后的968年,两者距离近一千年之久。也就是说,从原来的欧阳炯所编的写爱情和美女的、给歌女唱的歌词,到《人间词话》的发表,有这么长久的时间。《人间词话》距离968年,有近一千年之久,那么《人间词话》的发表距离张惠言的《词选序》的发表有多久呢?有111年。距离原始的爱情的歌词有将近一千年,距离那第一次正式提出来的,说词里边不是只写美女和爱情,它有很多深远的、幽微的贤人君子的意思,则有一百一十多年之久。

那么他们的认识是正确的,还是不正确的呢?张惠言的比兴的说法跟王国维的境界的说法,到底是说得对还是说得错呢?王国维发表的《人间词话》,最早的是1908年。现在我们是多少年呢?现在是2012年。又有一百年之久了。有些东西,不仅是科学是如此,文学也是如此的,我们对它的发现,我们对它的认识,必须经过一

> 王国维1908年撰述《人间词话》一百二十五则,1908年末至1909年初选择其中六十四则刊发于《国粹学报》,1915年又选录三十一则刊于《盛京时报》,王国维一直致力于压缩、提炼和调整其词学内涵。而王国维去世后,从赵万里开始,经徐调孚、陈乃乾等人前后七次增补后,数量扩大至三百九十一则。
>
> ——彭玉平《被冷落的经典》

个长远的、历史的阶段。我们现在在《花间集》的一千多年以后,张惠言《词选序》的几百年以后,王国维的《人间词话》的一百年以后,回头把这一段历史看一看。看什么?看一看小词中的修养与境界究竟是什么?这些人所认识的是什么?他们的说法是对的还是错的?相隔了千百年这么久,我们现在的人,对小词中的这一份幽微的、隐约的、微妙的所在,该有什么样的认识呢?

张惠言说词是"极命风谣里巷男女哀乐,以道贤人君子幽约怨悱不能自言之情",他举了一个例证,那就是温庭筠的《菩萨蛮》:"小山重叠金明灭,鬓云欲度香腮雪。懒起画蛾眉,弄妆梳洗迟。照花前后镜,花面交相映。新帖绣罗襦,双双金鹧鸪。"是美女,当然是美女,美女早晨起来梳妆。"小山重叠金明灭"是什么意思?今天很巧,讲台上有一个折叠的屏风。我们今天要讲这么长久的历史的发展,不是像我专讲温庭筠的词,我可以对它有很详细的解释。可是现在时间不允许,所以我只能说小山就指的是这个折叠的屏风。因为屏风是这样折叠的,所以看起来高低不平,它就像一个山的样子,所以是"小山",而且是"重叠",就是这样折叠的屏风。他说就在这个折叠的屏风之后,"金明灭",这个折叠的屏风上就有金色的光影"明灭",有金色的光影在闪动。我们这个是很朴素的一个竹子的或者一个木头的屏风而已,可是古人,那些贵族的闺房之中的那个山屏,上边都有金碧的装饰,金碧螺钿,就有金光的闪烁。早晨破晓之时,当第一缕的阳光照进来,就照在那曲折的屏风之上,所以那屏风上的金碧螺钿的装饰就有闪烁的光芒,"小山重叠金明灭"。这种光影的闪动,就把那个沉睡的女子唤醒了。女子在枕上一转头,"鬓云欲度香腮雪"。古代女子留着长发,头上盘着高髻,晚上睡觉时把这簪髻都拆散了,所以她的头发就像乌云一样地披散下来了。当这窗外的日光的光影照在屏风上闪动,把她惊醒了,所以她在枕上一转头,那"鬓云",如云的鬓发,"度"是cross,就遮掩过来,就从她的香腮,如雪般洁白的香腮上遮掩过来,"鬓云欲度香腮雪"。这是写闺中一个美女被日光惊醒了。

惊醒以后她怎样做呢?就起来化妆,说"懒起画蛾眉",女子起来化妆,画眉毛,画眉就画眉,为什么说"懒起画蛾眉"呢?古人说"士为知己者死,女为悦己者容",悦己的人不在她的旁边,我化妆给谁看呢?所以"懒起画蛾眉",就是说她懒得化妆,因为没有她爱的也爱她的人在身边,我化妆给谁看呢?所以"懒起",不过她毕竟还是化了,"懒起画蛾眉"。然后就梳妆,"弄妆",我说"弄"有玩赏之意,有欣赏的意思。"云破月来花弄影",是表现一种美丽,让人能够欣赏的。她"弄妆",她不是像我们要工作,要上班、上学,早上起来匆匆忙忙就跑掉了。闺中那些贵妇没有什么工作,所以她怎么样呢?就画一画眉毛,照一照镜子;涂一涂口红,再照一照镜子;抹一抹腮红,再照一照镜子。"弄妆"就"梳洗迟",所以她的化妆就用了很久的时间。

> 词人柳永俚词的代表作《定风波》中说,"暖酥消,腻云亸。终日厌厌倦梳裹",写的也是温庭筠《菩萨蛮》中"懒起画蛾眉"之事,可是,柳词全然没有丰富的意思了,可见文化语码的作用。

然后等化妆化完了，头上就簪上花，"照花前后镜"，你看《牡丹亭》里写杜丽娘跟她的丫鬟要去游春的时候，她的丫鬟拿个镜子在前面动来动去，是前后镜地这样地照镜，所以"照花前后镜"，"花面"就"交相映"，花光人面，前面的镜子有这个女子的花光人面，后面的镜子也有花光人面。一串的镜子、一串的花光人面，所以"花面交相映"。那化妆也化完了，簪花也簪好了，"花面交相映"以后就"新帖绣罗襦"，就穿上一个绣花的短袄。"罗"是材料，"绣"是装饰，"襦"是短袄，"帖"就是熨帖，就是熨，熨得很平的；也有人说"帖"是贴绣，所以这个"帖"字有两种可能。一个就是熨帖，唐朝王建有一首诗，说"熨帖朝衣抛战袍"（《田侍郎归镇》）；还有一个可能就是贴绣，就是在你衣服上剪一块红的布做花，贴在你那个布上。如果是熨帖的意思，怎见得？有诗为证，我说是王建的诗"熨帖朝衣抛战袍"，唐朝的诗人，说"熨帖朝衣"，写一个非常能干的、文武双全的、出将入相的大臣，他在外边刚刚作战胜利回来了，现在要上朝了，所以"熨帖朝衣"，把很久没有穿的长袍朝衣烫平了，"抛战袍"，把打仗的战袍脱下来了，这就是熨帖。如果是贴绣呢？那就有李清照的词为证："翠贴莲蓬小，金销藕叶稀。"这是李清照写经过北宋的靖康之乱，她的山东老家沦陷了，她的丈夫赵明诚死去了，一个经过战乱的孤独的女子，当她老年的时候，她是"翠贴莲蓬小，金销藕叶稀。旧时天气旧时衣"，天气跟从前一样，又到了新秋的季节，我身上所穿的绣有莲花藕叶的衣服，还是旧时的衣服。可是时间过去了那么久了，往事都已经消散了，国家败亡了，自己的故乡沦陷了，丈夫死去了，我的衣服上原来贴绣的莲蓬，那翠色的莲蓬，也都零落了，所以"翠贴莲蓬小，金销藕叶稀"。旁边有荷叶，荷叶的那个叶纹，都是用金线绣上去的，那金线都磨损了。"翠贴莲蓬小，金销藕叶稀。旧时天气旧时衣"，这"莲蓬小""藕叶稀"既然是秋天的景色，衣服也是我旧日的衣服，可是我的感情、我的怀抱，跟当年完全不一样了，"只有情怀不似旧家时"。所以这个"帖"，可以是熨帖，可以是贴绣。这两种可能，不是我随便这样讲的，有诗为证，有词为证。

> 天上星河转，人间帘幕垂。凉生枕簟泪痕滋。起解罗衣聊问夜何其。
> 翠贴莲蓬小，金销藕叶稀。旧时天气旧时衣，只有情怀不似旧家时。
> ——李清照《南歌子》

那这个女子穿上这样美丽的衣服，"新帖绣罗襦"，她的衣服上绣的是什么？李清照的衣服上有莲蓬，有藕叶，这个女子绣的是什么呢？是"双双金鹧鸪"。这不是一种鸟，而是一对一对的鹧鸪鸟。鹧鸪鸟，总是成双作对的，就跟鸳鸯一样。前几天我看电视，一个介绍大自然的节目，说大自然中的天鹅终身只有一个伴侣，如果一对天鹅中的一只死去了，那只留下来的天鹅再也不找其他的伴侣。所以鸟里面有非常坚贞的鸟，像鸳鸯，像天鹅，像鹧鸪。这个女子说她弄妆梳洗了，也簪花照镜了，也穿上新衣服了，衣服上绣的是"双双金鹧鸪"。这是反衬，衣服上绣的是成双作对的那些鸟，可是她自己的配偶呢？她的那个爱她也被她所爱的人呢？那个人是不在这里的。这是美女，这是相思，这是爱情。

可是张惠言说什么？张惠言说"此感士不遇也"，说文人向来清高，亦自命不凡。感士不遇是中国文学中的一个传统。东晋时候的陶渊明，写过一篇著名的《感士不遇赋》，赋前小序云："昔董仲舒作《士不遇赋》，司马子长又为之。余尝以三余之日，讲习之暇，读其文，慨然惆怅。夫履信思顺，生人之善行；抱朴守静，君子之笃素。自真风告逝，大伪斯兴，闾阎懈廉退之节，市朝驱易进之心。怀正志道之士，或潜玉于当年；洁己清操之人，或没世以徒勤。"

　　大意是讲：汉代有董仲舒写过一篇《士不遇赋》，后来司马迁也写了一篇《悲士不遇赋》。我读后深为感慨，哀伤不已。守信忠孝，是人类的美好品德；胸怀淳朴，持守内心的平静，是君子的志向。自从淳朴之风消逝，虚伪之风盛行，廉洁谦让之节操在民间渐失，追逐利欲之心性在官场泛滥。那些胸怀正直、立志治世之士，正当壮年而归隐；那些洁身自好、节操清廉之人，终其一生不过是徒劳。

　　这首词，是温庭筠感慨一个读书人没有得到知遇，没有得到朝廷君主的欣赏，没有被任用。"篇法仿佛《长门赋》"，说他的篇法——因为温庭筠的《菩萨蛮》不止一首，他一共写了十五首《菩萨蛮》，张惠言认为这一系列的《菩萨蛮》有一个章法、层次——他说他的篇法就仿佛《长门赋》。《长门赋》是写汉武帝的皇后陈阿娇。阿娇是汉武帝姑母的女儿。当他们小的时候，他的姑母，汉武帝的姑母问他说："你长大了，我把我的女儿阿娇嫁给你怎么样？"汉武帝说："当用金屋藏之。"我要筑一个黄金的房子，把我这个表妹放在里面住。可是，他们两人结婚之后，陈阿娇变成皇后了，汉武帝却另有新欢，陈阿娇被打入到长门宫这个冷宫之中了，就被冷落了。《长门赋》，传说是陈皇后请司马相如给她写的一篇赋，写她在长门宫中的寂寞、哀怨、孤独，希望得到皇帝的回心转意。张惠言说温庭筠这十几首词就是"感士不遇"，用美女、用陈皇后的《长门赋》表现他的孤独寂寞。"用节节逆叙"，他说"'照花'四句"，"照花前后镜，花面交相映"，还有前面的"懒起画蛾眉，弄妆梳洗迟"，是《离骚》"初服"的意思。所以他说小词有深意,他用《离骚》,用比兴来解释。

一百年之后,王国维出现,王国维说了:"固哉,皋文之为词也!"真是死板,真是顽固啊,这个张惠言!他说"张皋文",皋文就是张惠言的字,"皋文之为词也",就是说词,他说这个张惠言张皋文说词真是顽固,飞卿的《菩萨蛮》,当然还举了很多,我们来不及讲,"有何命意"?是"兴到之作",偶然的兴趣,偶然写了一个美女跟爱情的小词,有什么深意?"皆被皋文深文罗织",都被张皋文张惠言深文周纳地编织出一个比兴寄托来,这是顽固,这是不对的。王国维既然说张惠言的说法是顽固了,是牵强附会了,下一讲我们看王国维是怎样说的。

(蔡雯整理)

第五讲

在神不在貌

我们在上几讲中简单地介绍了小词里面蕴含着修养与境界，以及后来的读者发现和解说的一个历史。我们讲了张惠言对于小词的修养与境界的认识。可是张惠言的说法，被距离他一百年之后的王国维所批评，说他太顽固了，说他是牵强比附的，说张惠言所举的那些词没有他所说的那些深意，张惠言是牵强附会来说的。那么张惠言究竟是不是牵强附会？我也曾经举了一些例证。就说温庭筠这个作者，虽然说表面上看起来他是很浪漫的，每天都去听歌看舞，好像是没有什么深刻的寄托，可是，这温飞卿的词，之所以被张惠言认为他有寄托的意思，他不是随便说的，是因为在温庭筠的小词里边，他所用的那些语词，那些词汇，比如他说"蛾眉"，这个"蛾眉"作为一个语言的符码——西方的语言学说，一个语言被这些诗人、文人使用得很久了，它就变成了一个code，变成一个语码，而当它结合了这个国家民族的这个文化的传统，它就变成了一个文化的语码，即变成一个culture code——所以，"懒起画蛾眉"的这个"蛾眉"，就可以使人联想到屈原的"众女嫉余之蛾眉兮"这个"蛾眉"，联想到李商隐的"八岁偷照镜，长眉已能画"，联想到杜荀鹤的"早被婵娟误，欲妆临镜慵"，所以不但"蛾眉"是有道理的，连"懒起"都是有道理的。我们在第一次讲张惠言的词时就说过了，所以他是有他的一个根据的，也不是随便说的。

王国维既然批评了张惠言，所以王国维自己也提出来他的一个说法。我们在讲张惠言的词论以后，我们也讲了张惠言的几首《水调歌头》的词作，目的是看他自己的作品里边，是否果然有很多深隐幽微的意思在其中。那么我们再讲王国维的词话、词论以后，我们也会举出王国维的几首词，看看与他的词论是否一致。

好，我们现在先看王国维的词论。他说：

> 词以境界为最上，有境界则自成高格，自有名句。五代、北宋之词所以独绝者在此。

大家都知道，王国维所提出来的，是一个"境界说"，他说词的好坏，不在于它所写的是美女和爱情，或者不是美女和爱情，而在于词里有没有境界。什么是境界呢？王国维说得不清楚。张惠言的那个"比兴寄托"也许是牵强附会，但是王国维说的"境界"，实在是模糊不清。什么叫境界？王国维在他的《人间词话》里边引了一大堆诗的例证，作为境界的一种说明，他举的是什么？他说，词有大的境界，有小的境界。他举的全是诗的例证，是杜甫的诗，说"落日照大旗，马鸣风萧萧"（《后出塞五首》其二），是大的境界，"细雨鱼儿出，微风燕子斜"（《水槛遣心

> 境界有大小，不以是而分优劣。"细雨鱼儿出，微风燕子斜"，何遽不若"落日照大旗，马鸣风萧萧"。"宝帘闲挂小银钩"，何遽不若"雾失楼台，月迷津渡"也。
>
> ——王国维《人间词话》

二首》其二），是小的境界。他说："境界有大小，不以是而分优劣。"因为他是在讲诗，这是王国维说词的一个使人混淆不清的地方。"落日照大旗，马鸣风萧萧"，一个宽广的平野，是一个战场，这是大的境界；"细雨鱼儿出，微风燕子斜"，一个小池塘，在细雨飘飞的时候，里面有几条小鱼在水里面游，春风吹过了，燕子斜斜的，随着那个春风飞下来了，这是小的境界。他的意思是说，"落日照大旗，马鸣风萧萧"，是好的诗句，"细雨鱼儿出，微风燕子斜"，也是好的诗句，我们不因为它们写的境界的大小而分别优劣。他说词才是以境界为最上，可是他举了好多，都是诗的例证。这是王国维第一个论说不清楚的地方。

他又说："有境界则自成高格，自有名句。"他说只要你词里面有了境界，自然品格就高了，自然你的句子就好了。他继续说，五代、北宋的词，"所以独绝"，"独绝"就是特别好。王国维特别欣赏五代、北宋的词，其实南宋词也有南宋词的好处，但一般而言，王国维不欣赏南宋的词。这牵扯着很多的问题，我们今天来不及讲。他说五代、北宋的词"独绝"，特别好，就是因为这时的词里有境界，就自成高格了，自有名句了。刚才他举了诗的例证，"落日照大旗，马鸣风萧萧"，"细雨鱼儿出，微风燕子斜"，那是眼前所见的，那是现实的景物。可是王国维，还有一句词话，也是很重要的，他说，"境非独谓景物也"。他说我所说的境界，不是只指外在的景物。可是他举的例证，这两句诗，都是外在

> 境非独谓景物也。喜怒哀乐，亦人心中之一境界。故能写真景物、真感情者，谓之有境界，否则谓之无境界。
>
> ——王国维《人间词话》

的景物,"喜怒哀乐,亦人心中之一境界"。其实王国维所说的有境界的五代、北宋的词,还不只是说五代、北宋的词,写外在的景物明显、鲜明,而是说五代、北宋的词表现了一种内心之中的境界。可是王国维没有这样说明,所以他东说一句,西说一句,就使人混乱,不知道他所说的是什么。说词以境界为最上,举的是诗例;说境界不是只说外在的景物,举的又是诗里面写眼前的、现实的景物的例证。那么他又说:"故能写真景物、真感情者,谓之有境界,否则谓之无境界。"所以,境界可以是外在的景物,境界也可以指内在的感情。如果一首词,能够把外在的景物写得真切、生动,当然就是好词,如果把你内心的感情的一种境界写出来感动人,也是好词。

那么,究竟是什么样的作品,才是他说的好词呢?接下来,他说:

> 词之雅郑,在神不在貌。永叔、少游虽作艳语,终有品格。

"雅",我们说是典雅。"郑",是指的《诗经》里边郑国的《国风》。因为孔子说过这样的话,说"郑声淫"(《论语·卫灵公》)。郑国的《国风》都是写男女之间的爱情,比较淫靡。郑风,就是郑国的《国风》是淫靡的。你的词的内容写的是典雅的,如"致君尧舜上",或者是"郑",写的是美女和爱情,他说,真正的典雅还是淫靡,不在于你写的是什么,是"在神不在貌"。典雅还是淫靡,是在神,在精神，不在外表。同样写美女，有的人就有境界，有的人就没有境界。所以他就举了例证。他说像"永叔"，永叔是欧阳修的号，"少游"，就是秦观，他说他们两个人的词，"虽作艳语"，虽然也写美女跟爱情，"终有品格"，但是他们是有品格的。那么，现在我们就要看一看，什么叫永叔、少游"终有品格"呢？

一般人所谓没有品格的，就是《花间集》里边真的写美女跟爱情、没有任何深刻的意思的词，张惠言找不到比兴，王国维也找不到境界，就是单纯写美女跟爱情的。比如像张泌的这一首《浣溪沙》："晚逐香车入凤城，东风斜揭绣帘轻。慢回娇眼笑盈盈。　消息未通何计是，便须佯醉且随行。依稀闻道太狂生。"是一个男子，青年的男子，去游春了，那时很多女子也出去游春了，男子骑着宝马，女子坐着香车。所以他说"晚逐"，这个"车"字呢，文言读"jū"。"晚逐香车入凤城"，傍晚黄昏，从郊外游春的人都回城了，这个青年人就骑着马，追着一个香车的美女，就进到首都——凤城，进到城里边。"东风斜揭绣帘轻"，一阵春风吹过，把女子的香车的帘子吹开了，"慢回娇眼笑盈盈"，帘子吹开了，这个女子就回头，看到旁边骑着马追她的那个男子，就盈盈一笑。"消息未通何计是"，但是古人比较守礼法，不敢冒昧去问，说你的手机号码是多少，不敢这样去问，所以"消息未通"。那有什么办法呢，我以后要跟她联系，"消息未通何计是，便须佯醉且随行"，"佯"是假装喝醉酒了，反正我就追你，就一直追着这个香车。"依稀闻道太狂生"，就仿佛听到，那个女子在香车里面骂他：这个人简直发疯了,"太狂生"。这个当然没有什么深意。写得生动,写得活泼,青年男女的这种感情,其实也是写得不错的。可是就找不到什么雅、郑的深意。

还有一首词,词牌也是《浣溪沙》,也是《花间集》的,《花间集》就是写美女跟爱情,这首词在一般人看起来,那就更加淫靡了。那就是欧阳炯,就是给《花间集》写序言的那个欧阳炯,编还不是他编的,是别人编的,他写的序言,他说我给写的序的这个《花间集》的内容,就是文人诗客给美女写的艳词。所以,你看他写的美女和爱情:"相见休言有泪珠"——你要知道,在歌筵酒席的女子,都不是良家妇女,都不是大家闺秀,都是歌伎酒女,所以她们的生活比较浪漫;这个男孩子呢,更是逢场作戏,所以一夜风流,没有什么长久的感情。那么男子一夜风流之后就走了,过了一年、半年、两年,又回来了,这个男子就跟她说,"相见休言有泪珠",你不要埋怨我,说我怎么走了,这半年都不给你信了怎么的,怎么没有相思怀念,"相见休言有泪珠,酒阑重得叙欢娱",我们相见,喝一杯酒,酒喝过了,我们就可以为欢作乐了。在什么地方为欢作乐?"凤屏鸳枕宿金铺。　兰麝细香闻喘息,绮罗纤缕见肌肤",在这种欢乐的情况下,"此时还恨薄情无?"你还说我是薄情郎吗?这真是,古人所说是淫靡的词,这绝对是淫靡的词,你在里面找不到它有什么修养、境界的深意啊。

可是王国维说,小词的好处,"词之雅郑"是在精神不

> 自有艳词以来,殆莫艳于此矣。
> ——况周颐《蕙风词话》

在外表,"永叔、少游虽作艳语,终有品格"。欧阳修跟秦观,也写爱情,也写美女,但是他们写的不是淫靡,写的是有品格的,是有境界的。那么欧阳修、秦少游写了什么词呢?欧阳修写了一首《玉楼春》的词,我们说过,词前面这个都不是题目,不像杜甫的诗,《赴奉先县咏怀》《闻官军收河南河北》,不是。这个《玉楼春》啦,《浣溪沙》啦,《菩萨蛮》啦,都是那曲子的牌调,乐曲的牌调。欧阳修说什么?

尊前拟把归期说。未语春容先惨咽。人生自是有情痴,此恨不关风与月。　　离歌且莫翻新阕。一曲能教肠寸结。直须看尽洛城花,始共春风容易别。

也是写美女,在酒杯之前,"尊前拟把归期说",那毕竟是欢场,不是真正的正式的夫妻,都是歌伎酒女,我说男子都是一夜风流,所以"尊前拟把归期说",这个男子说,我现在要走了,就在酒杯前,"尊前拟把归期说,未语春容先惨咽",这个离别的两个字还没有说出口呢,这女孩子已经开始哭泣了,说"人生自是有情痴"啊,人生总是多情的,总是相聚了就不愿意分别,喜欢聚会不喜欢离别的,所以"人生自是有情痴,此恨不关风与月",与春风、秋月没有关系啊。李商隐写过一首月亮的诗,他说这个月亮啊,"初生欲缺虚惆怅"(《月》),你看到新月,你说什么时候才圆呢,看到缺月,你说这月亮怎么就缺了。他说这"初生欲缺",你白白地为月亮惆怅,就算月亮是圆的,

"未必圆时即有情",圆的时候就是有情吗?这个是李商隐,所以他写感情都是深一层,不是你到离别的时候你才觉得哀怨,你才觉得伤感,就是你

> 伤感是一种下沉的悲哀,反扑却是一种上扬的振奋,这两种力量的起伏是造成欧阳修词特有姿态的原因。

们在一起的时候,那伤感的种子就在那里了,你初生欲缺时虚惆怅,你未必圆时就是有情的。可是呢,欧阳修说,"人生自是有情痴",我们都是多情,看到花开就欢喜,看到花落就悲哀,看到月圆就欢喜,看到月缺就悲哀。"人生自是有情痴,此恨不关风与月。"当然,我们要离别,我们也有悲哀,所以"离歌且莫翻新阕",你为我唱离别的歌曲,你唱了歌曲大家都很难过,所以"离歌且莫",你暂且不要"翻新阕",不要一首一首地唱离别的新歌,你不要再唱了。"一曲能教肠寸结",你每唱一首离别的歌曲,就叫我衷肠寸结。我们现在不要管明天的离别,不要管一个星期之后的离别,"直须看尽洛城花",今天还有花开,今天我们还在一起,我们只要把这个花都看遍了,"直须看尽洛城花,始共春风容易别",那时候我再跟春风说,我要走了,我就没有遗憾了。我今天跟你在一起,赏遍了洛阳花,我再走,我对于你,没有遗憾,对于花,也没有遗憾,对于洛阳的春天,没有遗憾,因为我真的享受了洛阳的春天。所以他所写的,就不只是感情,就有一种境界在里边。这是欧阳修,"直须看尽洛城花,始共春风容易别"。人生总是要离别,有聚就有散,有生就有死,在你聚的那一刻,在你生的那一段,你好好地享受了吗?你好好地尽到了你的力量了吗?这才是重要的,你不要等到离别的时候再惆

怅。所以它就有一层深刻的意思了。

欧阳修还有一首词,也是《玉楼春》。

雪云乍变春云簇。渐觉年华堪送目。北枝梅蕊犯寒开,南浦波纹如酒绿。　　芳菲次第还相续。不奈情多无处足。尊前百计得春归,莫为伤春歌黛蹙。

"雪云乍变春云簇",春天来了,真的是美好,我们上次背李商隐的诗,说"飒飒东风细雨来,芙蓉塘外有轻雷"。春天来了,多么美好。"雪云乍变",下雪的时候,阴的天你们看,总是阴得一片,跟铅板一样,灰灰的一片,一点蓝天的空隙都没有,可是"雪云乍变",天不是那阴的一块铁板了,不是下雪的云了,是春云,春天蓝天的白云,朵朵像棉花一样的白云,"雪云乍变","簇",一团一团的白云。"雪云乍变春云簇",你就"渐觉年华堪送目",你慢慢就觉得春天果然来了,你看那柳树的枝子,慢慢就从硬的枝条变成柔软了,隐隐地,以后就有了一片隐约的绿色,叶子还没有长出来,就有一点绿的影子在那里了,然后柳叶就长出来了,然后柳絮的花就开了,所以"雪云乍变春云簇",你就"渐觉年华堪送目"。春天,那万紫千红的花朵!去年还是前年,我在温哥华,我到现在都不知道是什么人,有我的电子邮件地址,就一封一封邮件传过去,都是南开的花,南开各个角落的各种各样的花。温哥华种在马路两边的树,都是花树,樱桃、海棠、木兰,春天的时候,马路的两边都是花,"渐觉年华堪送目"。"北枝梅蕊犯寒开,南浦波纹如酒绿。"你要知道，春天来的时候，向着太阳这边的花是先开的，像今年过春节的时候，有人送给我两盆菏泽的牡丹花，牡丹本来是春夏之间开的，可是菏泽的牡丹就是春节开的，我把它放在靠窗的晒太阳这一面，只两三天，花朵就长得很大，马上就开了。背太阳的一面，就慢慢地还没有张开。所以"北枝梅蕊犯寒开"，冬天还没有完全走呢，天气还余寒犹在呢，北枝上的梅花冒寒就开了。他为什么说是北枝呢，本来是南边的树枝先开嘛，他说现在连北枝的梅花都冒着寒风开了，说得好！不是南枝有太阳有温暖才开，北枝的梅花冒着寒风也开了。"南浦波纹如酒绿"，南浦的春水，那春水的波纹，那春水的颜色，我们都说春水是绿的，"春草碧色，春水绿波"（江淹《别赋》），可是欧阳修加了"如酒绿"啊，那种绿，绿得让人陶醉，那春水的绿颜色，像酒一样让人陶醉，春天真的是美！温哥华光是樱花就有三四种，最早的是日本的早樱，然后还有垂樱，还有山樱，各种樱花，一批一批地开。"芳菲次第还相续"，花一批一批地开，"不奈情多无处足"。他说我们真是多情，我就赏遍了这个花，我的感情都没有满足。就是我希望把所有的花都看遍了，"不奈情多无处足"。"尊前百计得春归"，你不是盼望春天回来吗？你每天对着酒杯，在酒杯前边，你用各种方法来计算，怎么样早一点让我的花开，早一点看见春来，你既然这么盼望春天来，你千求万祷地希望春天回来，春天真的回来了，你"莫为伤春歌黛蹙"，你就不要再伤春了，你是希望春天来，春天真的回来了，你就不要在

> "犯寒开"三字是沉着悲哀和豪放享乐两种情绪的结合，非常有力量。

> 欧阳修和后主李煜相比,感情就不是那样单纯,而是有悲哀、奔放、沉痛、昂扬的多种成分。

春天再去伤春,皱起你的眉头来了。欧阳修是说,你应该掌握的,你就应该掌握啊,春天既然来了,就在你的面前,你就应该好好地掌握这个春天。

欧阳修的一生,也经过很多的挫折,在政治上经过了很多打击。欧阳修的一个优点,就是他能够遣兴,他能够欣赏种种的景物,能够排遣他心中的忧愁,所以他写《醉翁亭记》:"环滁皆山也。其西南诸峰,林壑尤美,望之蔚然而深秀者,琅琊也。"春天的花,秋天的月,无处不是美丽的,你总为你的贬官、为你的挫折而哀伤,而埋怨,那你真的是自己不懂得人生。你就是在挫折困苦之中,要懂得欣赏,也要懂得享乐,你要懂得排遣,你才能够好好地生活下去。这就是欧阳修,所以欧阳修就有了境界。就是说,他写的也是相思,也是怨别,"尊前拟把归期说,未语春容先惨咽",他不是说跟一个女孩子要告别吗?可是他的词里边就不只是那种现实的像欧阳炯所写的那种享乐,它有一种精神,一种自己的、对于人生的态度在那里了。这就是为什么王国维说永叔的词是"终有品格",它有一个境界在那里。

秦少游也是多情的,也写美女,也写爱情。如《减字木兰花》:

> 天涯旧恨,独自凄凉人不问。欲见回肠,断尽金炉小篆香。　黛蛾长敛,任是春风吹不展。困倚危楼,过尽飞鸿字字愁。

也是写相思怨别，但是他所写的，是有深度的。"天涯旧恨"，是我所爱的人走了，我跟所爱的人分离了，天涯远别，"天涯旧恨"，所以"独自凄凉人不问"，剩下我孤单一个人，如此之凄凉，没有一个人关怀。"欲见回肠"，你知道我内心对你的相思、对你的感情是如何缠绵悱恻吗？你想见到我的"回肠"——"回肠"当然是见不到的，他说那就像什么——"断尽金炉小篆香"。李商隐说的，"春心莫共花争发，一寸相思一寸灰"。我对你的怀念，我对你的相思，我内心的悲哀忧伤，像什么？就像"金"，多么珍贵的，"炉"，多么热烈的，我，如此之珍贵的如此之热烈的，"篆"，如此之盘旋如此之千回百转的，"香"，如此之芬芳的——那是我的感情。我的感情就像"金炉小篆香"，如此之珍贵，如此之热烈，如此之缠绵，如此之芬芳，我的肠断尽了金炉小篆香，真是写得好。"黛蛾长敛"，因为她相思怨别嘛，所以她的眉头总是皱起来的。"任是春风吹不展"，就是春天来了，春风吹来了，也不会把我的眉头吹开，因为我所爱的人不在这里。所以，"黛蛾长敛，任是春风吹不展"。"困倚危楼"，女子都要在家里面，不能跑出去，所以我一个人就困在一个高危的小楼里边，我就倚在楼栏前，"困倚危楼，过尽飞鸿字字愁"，就看到天上，春天的鸿雁，从南向北飞了，而那个鸿雁呢，都是排成一个"人"字的样子。所以这个"人"字呢，就引起我对人的怀念。所以过尽征鸿，每一个"人"字，都代表我怀人的哀

> "回肠"是抽象的情思，"断尽金炉小篆香"是具体的形象，用具体的形象表现抽象的情思，是词人惯用的手法。

愁。也是写感情，他是写的精神的、感情的境界。不像欧阳炯所写的，只是肉体的呈现。所以秦观所写的爱情，也是爱情，可是跟欧阳炯所写的，就不一样了。

那秦观还写了一首《鹊桥仙》，不是人间的爱情了，秦观现在写的是天上的爱情：

纤云弄巧，飞星传恨，银汉迢迢暗度。金风玉露一相逢，便胜却、人间无数。　　柔情似水，佳期如梦，忍顾鹊桥归路。两情若是久长时，又岂在、朝朝暮暮。

"纤云弄巧"，天上秋天的薄薄的、像丝罗一样的云彩，这么纤细的，"纤云弄巧"，隐隐在天上变化。"飞星传恨"，天上的一个一个的流星飞过去了，都是代表我的相思怀念。"银汉迢迢暗度"，牛郎织女就在这七夕的秋天的晚上，银汉就是银河，他们就从河的对岸到鹊桥上相会。"金风玉露一相逢"，"金风"，秋天的风，"玉露"，秋天的寒露，他们虽然每年只在金风玉露的季节有一个晚上的相会，但是胜却"人间无数"。因为他们是长久的，年年都有七夕，年年都在鹊桥上相会，"便胜却、人间无数"。"柔情似水，佳期如梦"，所以两个人虽然是柔情似水，而这么短暂的欢期，像梦一样就过去，所以"忍顾鹊桥归路"，一定要回去的，这是天上的王母娘娘定下来的，只在鹊桥上一夕的相会，他说我怎么忍心回顾那个鹊桥，喜鹊搭

> 秦观词以柔婉、细腻著称。冯煦在《宋六十一家词选》的例言中说："他人之词，词才也。少游，词心也，得之于内，不可以传。"王国维认为词人唯秦观是"古之伤心人"，其词最为凄婉。

的鹊桥，我们今天在鹊桥上相会，我要回去，"忍顾鹊桥归路"，我们现在马上就要分别了。可是他说了，"两情若是久长时"，如果我们两人的感情真是天长地久，"又岂在、朝朝暮暮"，只要我跟你，我们心里边彼此都有对方，永远地相思，永远地存在，何必顾念朝朝暮暮！朝朝暮暮的也许两天就变卦了，两天就变了心了，可是如果我们是恒久的，我们就跟这个鹊桥一样，年年岁岁不改变，我们是有信用的，我们是有持守的，所以"两情若是久长时，又岂在、朝朝暮暮"。

这就是王国维说，"词之雅郑，在神不在貌"。词是典雅的还是淫靡的，在它的精神，不在它的外表。都是写美女，都是写相思，都是写爱情，有的只是肉体的，有的是精神的，有的是感情的，有的是从爱情看到一个更高的境界的。所以这是王国维，他所说的这个词的雅郑，在精神不在貌，他看到了超乎外表所写的、情事以上的另外的一种精神和感情的境界。

可是在王国维的《人间词话》中，他所看到的小词里边的境界还不止这些爱情词里面的，像欧阳修、秦少游的爱情境界而已，王国维还说了另外一段话，我们下一次再看这另外一段话。

（刘靓整理）

第六讲

三种境界

王国维提出来说,"词以境界为最上",他除了说这个词里边的境界外,这个词人自己本身还需要有这样一种修养与境界,所以欧阳修、秦少游的词就有高一层的境界,所以"词之雅郑"就"在神不在貌"。这个境界,还不在你现实的情事写的是什么,而是在你有一种超越你现实所写的情事的、有另外一种精神上的境界。像欧阳修的"直须看尽洛城花,始共春风容易别",我要掌握眼前,我要尽情地掌握住现在,这样才不落空,才不虚度这一段的时光。像秦少游说的"两情若是久长时,又岂在、朝朝暮暮",他写感情,但是有一种精神上的境界。这是说欧阳修的词、秦少游的词,它本身表现了词人的精神境界。

可是王国维还说过,作者未必有此意,而读者何妨有此想。作者不一定有这个意思,是读者从作者的词里面读出了重要的一份精神。王国维也给了我们一些例证,他说:"古今之成大事业、大学问者,必经过三种之境界。"我们已经说了,"境界"不只是外界的景物,还包括你内心之中的、精神上的一种层次。他说古今能够完

> 古今之成大事业、大学问者,必经过三种之境界:"昨夜西风凋碧树,独上高楼,望尽天涯路。"此第一境也。"衣带渐宽终不悔,为伊消得人憔悴。"此第二境也。"众里寻他千百度,回头蓦见,那人正在,灯火阑珊处。"此第三境也。此等语皆非大词人不能道。然遽以此意解释诸词,恐为晏欧诸公所不许也。
>
> ——王国维《人间词话》

成大事业的人,你要注意到不是普通的事业,不是普通的学问,是大事业、大学问,要经过三种境界。"昨夜西风凋碧树,独上高楼,望尽天涯路",此第一境也。"衣带渐宽终不悔,为伊消得人憔悴",此第二境也。"众里寻他千百度,回头蓦见"——这个王国维记错了,古人写文章是凭他的记忆,当年念这些诗词背下来的句子就写下来了,这里当作"蓦然回首",王国维的《人间词话》写的是"回头蓦见",他是按照自己的记忆写下来的,可是原词应该是"蓦然回首"。"那人正",也背错了,"正"应该是"却"——"那人却在,灯火阑珊处",此第三境也。原来的词人在写这些词的时候,没有谁说我写的是成大事业、大学问的三种境界,人家就是写美女,就是写爱情,就是写相思怨别,你说他写成大事业、大学问的境界,人家没有这个意思。所以"此等语",这是王国维自己说的,他说这些话,"皆非大词人不能道",不是伟大的词人,他不会写出这样的词,可以给我们这样的联想。"然遽以此意解释诸词","然",可是,可是我居然、我就骤然用这样的意思,用"成大事业、大学问"的境界来解释前人的这些词,"恐为晏欧诸公所不许也",恐怕晏殊、欧阳修这些以前的词人不同意。也就是说,词人写的不是这些境界啊,是我这个读者从他们的词里面看到这个境界了。你要注意到王国维后面的两句话,这不是作者的境界,所以"遽以此意解释诸词,恐为晏欧诸公所不许"。可是他也说了,"此等语",能够在写美女和爱情的小词里面说出这样的话,非大词人莫属,不是大词人不能说出这样的话。尽管词人写的时候、说的时候没有"成大事业、大学问"的境界的意思，可是他能够让我们从词作中读出来这样的意思，那他一定是个伟大的词人，不是伟大的词人，他不会在词里面给我们这么丰富的感发和联想。那么这三首词都是什么呢？我们先看一看原词，再说王国维所体会的是什么。

第一首词，它说："昨夜西风凋碧树，独上高楼，望尽天涯路。"是成大事业、大学问的第一种境界，这两句本来出自晏殊的一首词，词的牌调是《鹊踏枝》，词是这样写的："槛菊愁烟兰泣露"——"菊"字是入声，所以念短促的仄声——"槛菊愁烟兰泣露，罗幕轻寒，燕子双飞去。明月不谙离恨苦，斜光到晓穿朱户。　　昨夜西风凋碧树，独上高楼，望尽天涯路。欲寄彩笺兼尺素，山长水阔知何处。"相思怨别，怨妇之词。"槛菊愁烟兰泣露"，是秋天的景色。"槛"是栏杆，栏杆旁边开的菊花在朝暮的烟霭之中，早晨的烟雾、晚上的烟霭。"槛菊愁烟"，你就看那个槛外的菊花好像都带着忧愁的那种情态。你要看那个兰花，兰花上的露水，你觉得那都是哭泣的泪珠。为什么呢？移情的作用，因为这个女子是怨妇，她在忧愁，她在哭泣，所以她看到花上的烟霭，觉得花在忧愁，看到花上的露滴，觉得花在哭泣。"槛菊愁烟兰泣露，罗幕轻寒，燕子双飞去。"秋天来了，那个罗幕已经有薄薄的寒意，"罗幕轻寒"。"燕子"，因为天冷了，燕子到南方去了，燕子一对一对地飞走了，"燕子双飞去"。而这个女子是孤独的，是寂寞的，是相思怀念的。"明月不谙离恨苦"，天上的明月它不"谙"，它不理解、不知道我这个人的离愁别恨的痛苦，所以"斜光到晓穿朱户",月光斜斜地从我的窗子照进来,从月升一直到月落,我一夜无眠,看着天上的圆月,想到我们的离别。所以"明月不谙离恨苦,斜光到晓穿朱户",是写闺中思妇一夜的相思。第二天早晨,"昨夜西风凋碧树,独上高楼,望尽天涯路",昨天晚上一夜的秋风把我窗前树上的叶子都吹落了,"昨夜西风凋碧树",所以"独上高楼",我一个人就登高楼,我盼望我所怀念的人从远方、从天边出现,所以就望尽了天涯路,直到天涯路的尽头,我盼望有一个人出现,"望尽天涯路",期待。因为男子走了,不知道他在哪里,不管他是为官做宦还是他在行商坐贾,男子总是要到外面去的,所以"望尽天涯",就不知道男子在哪里。"欲寄彩笺兼尺素",我要给他写一封信。以前有人说这封信,说不通啊,说"寄彩笺"就是"彩笺","寄尺素"就是"尺素"。好像是沈祖棻先生说,这"兼"字可能是错的,说不定就是"無"字("无"字的繁体字)。我要给他寄个彩笺,可是他没有信来,我没有他的地址,所以"山长水阔知何处"。因为"寄彩笺"就是"彩笺","寄尺素"就是"尺素",为什么"欲寄彩笺兼尺素"呢?有人以为"兼"字错了。可是我以为,我们不要妄改古人,"彩笺兼尺素",就是"兼"。我是有多少话要跟他说,我要寄给他的有"彩笺"那么美丽的,那么多情的,所以我要寄给他彩笺。我也要寄给他尺素,那么洁白的,那么质朴的,那么真诚的。我要写给他的有彩笺也有尺素啊。我是欲寄彩笺

> 晏殊在官场上平步青云,在他的词中很难找到牢骚和抑郁。他的词集叫《珠玉集》,与他的词珠圆玉润的风格非常契合。他的词,没有激烈的言语,只有缓和,往往在伤春怨别的情绪中,表现出锐感柔情的意境和理性的反省。

也要寄尺素，可是我不知道他在哪里，是"山长水阔知何处"。如果只是有山的隔绝，那还容易，如果只是有水的隔绝，也容易，可是山又长，水又深，我不知道他的行踪何在了。这当然是相思怨别，是闺中的思妇，是我以前在讲张惠言的时候说的弃妇（abandoned women），是一个诗歌传统（poetic tradition）。西方的一个学者写过一本书，说怨妇是一个传统，她代表了相思怨别，而且这种相思怨别，写女子的相思怨别也代表了男子的失落、男子的不得意，它是双重的性别（double gender）。可是现在王国维看这首词，还不是像我说的有了西方这种新的理论，说要从女子的相思怨别看到男子的失意，不是。他是断章取义，就从"昨夜西风凋碧树，独上高楼"这两句，断章取义，说这是成大事业、大学问的第一种境界。

这"断章取义"是王国维的开创吗？不是，"断章取义"正是我们中国古代说诗的一个传统的方法。《论语》上记载孔子跟他的学生谈诗，说子贡有一次跟孔子说："贫而无谄，富而无骄，何如？"说贫穷的人不谄媚，富贵的人不骄傲，老师你看，做人做到这样好不好呢？孔子说可以啊，这样的人当然也不错，"未若贫而乐，富而好礼者也"，但是不如贫穷还能够安乐、富贵但不骄纵无礼的人。我们上次讲张惠言的词时讲过一个矛盾的话，孔子周游列国，他是要求得任用啊，有一次他的学生问，说有一块美玉在这里，你是把它藏在盒子里保存起来呢，还是把这一块美玉拿出去卖掉呢？孔子说，"沽之哉！沽之哉！我待贾者也"，说卖掉它，卖掉它，我就是等个好价钱要卖掉的，这是求用的心情。可是《论语》上说了好多的话,说"人不知而不愠,不亦君子乎",是说即使"人不知",我们也不觉得烦恼,我们是不求人知的。那到底是"求知",还是"不求知"呢?所以你就要知道孔子是一个"圣之时者也"。孔子曾经赞美他的学生,说"用之则行,舍之则藏,惟我与尔有是夫"(《论语·述而》)。用的时候,我们真的有本领能够供给世界所用。"舍",没有人用我,"舍之则藏",我就宁愿自己隐藏起来。我不是说一定要求知,所以"人不知而不愠","用之则行,舍之则藏"。孔子还说,"不仁者不可以久处约,不可以长处乐"。所以你要有一个"仁",如果有一个"仁","造次必于是,颠沛必于是"(《论语·里仁》)。孟子也说,"富贵不能淫,贫贱不能移,威武不能屈"(《孟子·滕文公下》),我不改变,因为我心里有我的持守,我有一个自我的完成,我不管你们用我或不用我,所以"用之则行,舍之则藏"。有的人用的时候没有本领给人用,不被用还到处发牢骚,到处去做一些为非作歹的事,所以这样的人不是君子。"君子固穷,小人穷斯滥矣。""穷",但是你能够安于你的贫穷,"贫而乐";"富",但是不骄傲,你还能够谦卑下人,要好礼。不是说"我是谁的儿子",我就可以为非作歹,不可以这样子的,所以"贫而乐,富而好礼者",更有修养。那么子贡问孔子的是道德的修养,孔子回答他的也是道德的修养啊,可是子贡突然说了一句,"诗云:'如切如磋,如琢如

> 子贡曰:"贫而无谄,富而无骄,何如?"子曰:"可也;未若贫而乐,富而好礼者也。"子贡曰:"诗云:'如切如磋,如琢如磨',其斯之谓与?"子曰:"赐也,始可与言诗已矣,告诸往而知来者。"
>
> ——《论语·学而》

磨'，其斯之谓与？"说《诗经》上有一句话，说我们一个人的修养就如同这个玉石，或者说是象牙，要切磋琢磨，使它更精美，能够提炼出更好的精华，就是说的这样的情况吧。孔子说："赐也，始可与言诗已矣。""赐"就是子贡的名字，叫端木赐，你这样的学生，我可以跟你谈诗了。因为什么？因为你可以用诗歌来印证你的修养，你有这样的联想，这是诗歌的作用，所以诗歌是能够提升人的某一种品格修养的，这是会读诗的人，这是"断章取义"，他把这个修养跟诗歌结合起来了。孔子的一个学生卜商也曾问过孔子，说《诗经》上说"'巧笑倩兮，美目盼兮，素以为绚兮'，何谓也？"形容美女是"巧笑倩兮"，女子美丽的脸颊上笑起来有酒窝。"美目盼兮"，这个女子眼睛的流动是如此之动人。"素以为绚兮"，"绚"是绚丽，有光彩而美丽，"素"是洁白。说"素以为绚兮"，白是没有光彩啊，说白才是彩色、是绚丽的，"何谓也"？他问老师，这个是什么意思啊？他问的是诗，孔子也回答了："绘事后素。"说画画的事情啊，是后于素，"素"是白，你要先有一张白纸，然后才能够在上面画画啊，如果你这张纸已经像我写的这么杂乱了，你在上面画什么都画不出来，又怎么会好看呢？这本来是探讨"素以为绚兮"这句话，然后子夏，就是卜商，他的字叫"子夏"，马上就想到说："礼后乎？"本来他们是讨论一个诗句，然后子夏就想到，老师说的，你要本心的本质好，"礼"是一个外表，你要有一个本质，你的礼才有意义，你没有本质的好，外面涂上颜色，那也不能成为美好。所以我要说的是，孔子跟他的学生在说诗的时候常常断章取义，他们说的不是这整首诗，而是诗里面的一句话，从这一句话就引申，引申到修身做人，引申到品德修养。这是中国的"断章取义"，从一个诗句，不管它全诗说的是什么，是男女，是相思，是爱情，不管，就是这两句，我体会到一种修养，一种品德的境界。

  王国维就是用中国这样的传统的方法，从小词里面断章取义。我们刚才已经讲了晏殊的《鹊踏枝》是说到一个女子的相思怨别，说"昨夜西风凋碧树，独上高楼，望尽天涯路"。昨天晚上把我窗前，楼窗外面的树叶都吹落了，所以我可以看得很远，我就望到天涯，看有没有我所怀念的人在天边地平线上出现。为什么是成大事业、大学问的第一种境界？因为我们一般的人，耳迷乎五声六律，目迷乎五颜六色，看到外面的繁华，看到外面的享乐，我们就被它迷乱了，你要真是想成大事业、大学问，凡是想要成大事业、大学问的人，一定要把眼前的遮蔽去除。所以"昨夜西风凋碧树，独上高楼"，你才能够"望尽天涯路"。我们上次讲张惠言的那几首《水调歌头》时不是也说，你要经过很多的困苦，孟子也说你要"苦其心志，劳其筋骨"，要"饿其体肤"，你要"行拂乱其所为"，然后你才能够有你的成就。所以"昨夜西风凋碧树"，你被什么给蒙蔽住了？你被虚荣给蒙蔽住了，你被眼前的利害给蒙蔽住了，你要"昨夜西风凋碧树"，而且是"独上高楼"。成大事业、大学问不是成群结队的，不是呼朋唤侣的，不是参加歌厅舞厅的。"独上高楼"，你才能够望尽天涯路，你才能够有更高远的境界。这是王国维读词的"断章取义"。

"衣带渐宽终不悔,为伊消得人憔悴",这是第二种境界。这第二种境界是谁的词呢?是柳永的词。一般也认为,柳永是很浪漫的,他给歌伎酒女填写了很多歌词,可是我们今天当然是没有时间详细地讲柳永,柳永也有他的理想,柳永也有他的志向。柳永曾经在一个海边的盐场做一个管理盐场的官吏,他同情这些盐民,写过一首《煮海歌》诗悯亭户,"亭户"就是煮盐的人,他是"哀盐民也",他是为这个盐民感到悲哀的。所以柳永不只是一个浪子,柳永有他的理想,有他的志意。柳永是一个非常复杂而影响非常深远的词人。曾经有一年我说要讲"三面夏娃",三面的夏娃,柳永词的欣赏,但是我们现在还没有机会讲这个三面夏娃的柳永。我们先看他的一首《蝶恋花》。

伫倚危楼风细细。望极春愁,黯黯生天际。草色烟光残照里,无言谁会凭阑意。 拟把疏狂图一醉。对酒当歌,强乐还无味。衣带渐宽终不悔,为伊消得人憔悴。

其实写得非常美,那种观察、那种感受写得非常纤细幽微。"伫"就是站在那里不动,我就靠在一个高危的楼的栏杆那里,有轻微的细细的微风吹过,"伫倚危楼风细细"。我就在这个楼上,"望极春愁",春天我远望,望到天边,直到天边都是春愁。"黯黯生天际",天色慢慢地昏暗下来了,苍茫暮色自远而至。"草色烟光残照里",春天的青草是碧绿的颜色,在黄昏的烟霭之中,在落日光影的余晖之中,"草色烟光残照里"，真是写得非常美。一个游子，一个不得意的、一个失志的人在一个春天的黄昏，"伫倚危楼风细细。望极春愁"，直到天边都是我的离愁别恨，"黯黯生天际"。"草色烟光残照里，无言谁会凭阑意"，我是一个孤独的、无言的、在外面漂泊的、失意的游子，我凭靠在这个危楼之上的栏杆，我"无言"。谁懂得我靠在栏杆上的这一份哀愁，"谁会凭阑意"。他说，"拟把疏狂图一醉"，他说我想要，"疏"就是疏放，我要放松我自己，我就做一些不受约束的事情。"拟把疏狂图一醉"，我想慰藉我的忧愁，我就打算喝酒，图得一醉。"对酒当歌，强乐还无味"，我听到别人在那里唱歌，我面前也有酒杯，可是我对酒当歌，我想勉强地排解我的忧愁得到欢乐，但我没有办法排解，所以"对酒当歌，强乐还无味"。"衣带渐宽终不悔"，因为我有一个追求，我的追求没有满足，我为我的追求"衣带渐宽"，我憔悴消瘦，我的衣带越来越松了，我还是不后悔，为什么？"为伊消得人憔悴"，就为了我所追求的那个目标，那可以是一个人，那可以是一个理想，那可以是我的一个志意，他（它）值得我为他（它）而憔悴。也许只是男女的相思怀念，也许是柳永平时志意的不能够——能够，就是说满足他的志意——不能够实现他的理想，他终身被人目为浪子。历史上记载，他考科仕考不上，因为皇帝说，这个不是喜欢填词的柳永嘛，让他填词去吧，所以不录取他。他本来叫柳三变，改了名字，勉强考上了，做了几年

> 倚在危楼之上，细细的一丝一丝的春风，把已经衰老的生命中某种过去的、迷茫的、沉重的感情，一点一点地唤起来了，既有怀思，又有悲慨。这是柳词能动人之处，虽是对景抒情，但总是隐含一种深远的悲慨。

官,做得很好,长官说这个人做得好,要给他升官了,可有人说这个柳永刚出来,没有什么成绩,不给他升官,让他到海边的盐民那里去管理盐政的事情,于是他写了悯亭户的哀盐民的诗。他一生都漂泊在路途之中,想谋求生活,一生都在不得意之中,年轻的时候还可以听歌、饮酒、行乐,到年老的时候,你已经失去了听歌、饮酒、行乐的兴趣和能力了,你能够做些什么?他说,我如果有一个追求的目的,我宁愿"衣带渐宽终不悔,为伊消得人憔悴"。王国维说,这是成大事业、大学问的第二种境界,你为了你的目的能够吃苦,能够耐劳,你才可以成功,你三天做不好就放弃了,那永远也不会成功。

> 既然选择了理想和目的,就要为它付出代价。

王国维还说有第三种境界,你要注意他说的是"成大事业、大学问",不是说你只是追求大事业、大学问,是"成大事业、大学问",你就一定要到第三种境界,才叫"成大事业、大学问"的境界。而他说的第三种境界,引的是辛弃疾词的一句话,辛词是这样说的:

> 东风夜放花千树。更吹落,星如雨。宝马雕车香满路。凤箫声动,玉壶光转,一夜鱼龙舞。　蛾儿雪柳黄金缕。笑语盈盈暗香去。众里寻他千百度,蓦然回首,那人却在,灯火阑珊处。

写的是元夕,元夕就是正月十五。辛弃疾是生在北宋沦陷以后的沦陷区,二十岁之后,领着起义的义兵、义军,从北方的沦陷区来到南宋，他当时以为，以他的勇气，以他的才干，以他的军事谋略，他就可以打回去，就可以回到他的故乡。而南宋迁都到临安以后，就安于临安，临安就是杭州，所以当他们已经不再想抗战的时候，杭州就歌舞繁华，所以南宋就"直把杭州作汴州"。大家都不知道这说的是什么，有一次我在我的研究生的班上，讲了这首词，我说"蓦然回首，那人却在，灯火阑珊处"是什么意思，他们说可能是辛弃疾有一个约会，找那个人，后来在灯火阑珊处才找到她。不是这样的。辛弃疾这首词写的是元夕，写的是当南宋的秦桧把岳飞杀死了以后，君臣安于临安的这种享乐的生活了，"直把杭州作汴州"了，再也没有人想打回去了。辛弃疾也看到元夕的繁华，可是辛弃疾的志意，"栏干拍遍，无人会、登临意"（《水龙吟》），江南游子啊。所以他说"东风夜放花千树。更吹落，星如雨"，到处都是灯火，元夕节嘛，灯节，好像天上的星星都挂在人间了。"宝马雕车香满路"，男人骑着宝马，女人坐着香车，满街仕女如云，享受这偏安的杭州的繁华。"凤箫声动，玉壶光转"，吹起的凤箫，"凤箫"是排箫，不是一只箫，是一排箫，像凤凰尾巴一样张开的。"凤箫声动，玉壶光转"，天上的月亮像玉壶，从东方升上来了，"一夜鱼龙舞"，这个元夕的整夜，"鱼龙"是鱼龙变化，杂技种种的表演。"蛾儿雪柳黄金缕"，那女子都戴着头上的装饰，"蛾儿雪柳"这都是女子的头发上的装饰。"笑语盈盈暗香去"，那些女子穿着美丽

> 辛稼轩当弱宋末造，负管乐之才，不能尽展其用。一腔忠愤，无处发泄……故其悲歌慷慨抑郁无聊之气，一寄之于词。
> ——徐釚《词苑丛谈》引黄梨庄语

的衣服，盈盈笑语，飘散着身上的衣香，在暗夜之中，一个个从他眼前走过。他说"众里寻他千百度"，但是我所爱的那个人呢？那笑语盈盈的一群女子，飘动着香气都过去了，可是我所找的人在哪里？"蓦然回首"，我偶然一回头，"那人却在，灯火阑珊处"，那个女子没有跟这些"笑语盈盈暗香去"的人在一起，没有跟这些宝马雕车的人在一起，她一个人孤独地、寂寞地，在那灯火最冷落的地方。他写的是一个女子，这个女子是谁？是辛弃疾所爱的一个女子吗？这个人叫什么名字？我以为，这是我的说法，我还不是受王国维的说法的影响。王国维是把这个说成"成大事业、大学问"的境界，因为你经过了"独上高楼"的这种追求，你经过了"衣带渐宽"的这种努力和期待，你经过了种种的追求、种种的困苦、种种的磨难以后，忽然间得到了，就是你要成的那个事业，你要成的那个学问，你今天真的到了一个得到的境界了，那是成大事业、大学问。如果你永远没见到你找的那个人，你一直都在半空之中努力，你没有得到啊。你要想成大事业、大学问，一定要到第三种境界，要"蓦然回首，那人却在，灯火阑珊处"，我尽了一生的力量，做了一生的学问，追求了一生的理想，有一天，我觉得，我真是恍然大悟，得到了，那才是你人生的终极的目的，所以"蓦然回首，那人却在，灯火阑珊处"。这是王国维要说的意思，王国维所说的第三种成大事业的境界。但是我以为这是辛稼轩说他自己啊，你们在临安安于这种偏安的、享乐的生活，"直把杭州作汴州"了，可是我，辛弃疾，我"江南游子。把吴钩看了"，"无人会、登临意"。所以这是写他自己的悲哀、自己的感慨。但是好的词就是这样，它可以给读者一个丰富的联想。

我现在是说王国维所说的"境界"，有的时候，他所说的是这个词的品格的高低，像欧阳修、秦少游，与一般的那些写爱情的词，就有高低、雅俗的分别。可是他也说了，这是我自己单独的联想，他说，我虽然用这些话来解释成大事业、大学问的境界，原作者不一定同意，"遽以此意解释诸词，恐为晏欧诸公所不许也"。可是这种能给人丰富的联想的词，"非大词人不能道"。我们上次说，张惠言讲得未免拘狭，一定要讲人有比兴寄托，原来的作者未必有这个意思。王国维说词有境界，原作者也未必有这样的意思。那么现在我就要用西方的理论给他们两个人的词论做一个解释。我们在讲张惠言的时候，曾经引用过西方的一些文论，一个是语码，code，像"蛾眉"那是culture code，我们还说写女子的相思怨别就是写男子的不得志，这是double gender，是双重性别，现在，我们再引一些西方的文论，来帮助我们说明，这样解释小词是不是可以呢。西方有一种文学理论叫作"诠释学"，hermeneutics，诠释学有一个理论是hermeneutic circle，就是"诠释的循环"。什么叫"诠释的循环"？"诠释"是我们对于古人的诗词，我们给它一个解释，根据西方的诠释学的说法，就是说我们每个人都有我们生活、读书、修养的种种背景。所以我们所讲的是我们，我这一个读者，我所看到的、我所

> 诠释的循环是一个怪圈。通过文本，读者的目的是追求作者的原意，但是，因为读者受到自己的性格、思想、阅读背景、知识结构等种种的限制，所得到的只是读者自己能够了解的东西，并不见得是作者真正的意思。

体会的意境，那不一定是作者的意思，所以是一个circle，就是我从我自己出发，我解释完了，回到的是我自己，所以这个hermeneutics将这样的一种说法称作"诠释的循环"。王国维从这些词里面看到的是成大事业、大学问的一种境界，你换另外一个张三、李四，他未必看到有这样的境界。所以诠释可以给一个诠释者自由，他说的是他自己的。西方文论还说，语言就是种种的符号。比如说，"蛾眉"就是符号，"高楼"也是符号，都是一种符号，这种符号就引起你很多的联想。当你仔细地读，每一个符号，就是显微的结构，它那些非常细致的、精微的字句的变化，可以提供给你的那种联想、那种暗示，不同的读者有不同的反应。如果你写出一首诗来，写出一首词来，没有人读，没有人反应，那只是一个artefact，只是一个艺术的成品，没有美学的意义和价值。当读者读的时候，它才有了美学的感受，才有了美学的作用，所以西方人讲接受美学，是aesthetic of reception，是在读者欣赏的时候才产生了美学。所以西方文论说，以前我们重视的是作者，说杜甫缠绵忠爱，这是作者，屈原是缠绵忠爱，这是作者，说温庭筠没有屈原的意思，所以温庭筠就不可以是缠绵忠爱的。可是，现在西方人说，以前说是作者，后来注意到符号，我们说显微结构，注意到作品，以前说作者是最重要的，作者他本来说的是什么？作者，好的人不一定写出好的作品来，有理想的人写出的作品不一定能感动人，所以作品才是重要的。我以前讲过杜甫的《秋兴八首》，后来美国的两个朋友看了我讲《秋兴八首》的书以后，就用语言学，用linguistics来讲这八首诗。他说这八首诗你们中国人喜欢,是因为杜甫缠绵忠爱,他一直在怀念都城,怀念长安,而不是因为"夔府孤城落日斜,每依北斗望京华"好才是好诗。他说杜甫这八首诗之所以好,是因为它的声音,因为它的语言,因为它的结构,因为它的词汇。文学批评就从作者转到了作品。那后来西方人又说作品还不是关键,是看读者的接受、读者的反应,是接受的美学,是aesthetic of reception,是reader response,是读者怎么接受的。可是王国维他没有这些理论,但他所讲的是他自己作为读者的接受啊,那三首原来的词未必有成大事业、大学问的意思,是王国维这个读者,有王国维这种要成大事业、大学问的境界的读者,才从柳永他们这些人的词里面读到成大事业、大学问的这三种境界。没有王国维的修养,你读不出这三种境界来,这是读者的反应。

> 作者、作品、读者都是文学批评关注的重要对象,在不同的历史时期,文学批评的重心产生过重大的转移,文学批评理论因而也随之层出不穷,但是,无论是知人论世说、典型环境中的典型人物命题、新批评、结构主义,还是接受理论、文化批评,都在说明作者、作品、读者在文学审美中的重要作用。

其实,王国维所读的还不只是用读者反应来解释他所读到的词,王国维真正在《人间词话》里讲得最好的,是他读五代的小词。他讲南唐中主、后主、冯延巳(冯正中),那真是讲得非常好的。王国维欣赏词的方式跟张惠言有不同,尽管他们有一个共同点,都是从词里面看到更深一层的意思,但是他们看的方法不同。张惠言从语码看出来很多,而王国维从读者的反应看出来很多,他们两个人都看到小词里面有一种更深远的意境。可是王国维说得最好的,还不是讲

"成大事业、大学问"的断章取义,像中国传统的说诗,把人家写相思恋爱的说成"成大事业、大学问"的境界,还不仅是如此,王国维读词,真正在词本身看出来更深一层的意思,他对于五代的词人讲得非常好,可是现在恐怕没有时间了。而且我本来的计划,我们讲了张惠言的词论,我们不是也讲了张惠言的《水调歌头》嘛,我们讲了半天王国维的词论,王国维的词呢?我本来还想讲我批评王国维或者批评张惠言,我的词论用了很多西方的名词,那我的词呢?张惠言的词代表了张惠言的修养和境界吗?王国维的词代表了王国维的修养和境界吗?我的词代表了我的修养和境界吗?

(郭雨婷整理)

第七讲

美人迟暮

我们讲张惠言和王国维两个人同样看到了小词是一种很微妙的文学体式，不像诗那样比较明白地说出来，小词需要读者的合作来玩味和体会。可是呢，张惠言他玩味体会、他说词的方法跟王国维不完全相同。张惠言是喜欢从比较具体的、比较切实的语言或者作者的背景来想象小词的言外的意思。所以我们看张惠言，他曾经说，温飞卿的词，像"照花"四句，有《离骚》的意思，是因为里面有美人，有衣服，有画眉，有簪花，有这种种的联想，他想象到屈原的《离骚》的美人香草，还有"众女嫉余之蛾眉"。那我上次也曾经讲过了，我说：像张惠言的这种联想，是从语码和历史的背景来推想的。其实张惠言本来还讲过韦端己的词，他说韦端己的词是写他自己身世的悲慨。因为他本来是在唐朝的朝廷里面做官，后来出使到了前蜀，到王建那里。而就在他出使到前蜀的王建那里的时候，唐朝被朱温篡夺了，唐朝灭亡了。他留在四川，就没有再回到故乡。所以张惠言就以为，韦庄的小词都是有寄托的，都是对家国身世的感慨。所以他是从语言里面的符码，我们称作语

张惠言所编的《词选》选了温庭筠的《菩萨蛮》，也选了韦庄的《菩萨蛮》。他认为温庭筠的《菩萨蛮》有屈原《离骚》的托意，而韦庄的《菩萨蛮》，是"留蜀后寄意之作"。

码,来想这个作品里面有这样的意思。我说语言的符码,是用现代的语言来说的,张惠言不知道什么叫作语言的符码,什么叫作文化的符码。张惠言的时代,当然不知道什么叫作文化的符码,我只是给它一个现代的解释。他从美人、簪花、画眉这种种的语言的符号来推想是不是温庭筠有这样的意思,按照我们现在的西方的理论来说,张惠言所用的诠释的方法,是语言的符码。另外我们还曾经讲过,说是像温飞卿的小词,容易让我们想到一种寄托、托喻的意思,因为男子有的时候仕宦不得意,也跟很多的女子在家庭里边受到约束、不自由,或者是一个女子得不到男子的欣赏和喜爱一样,有同样的悲哀和感慨。那个时候我也曾经引了美国的一个学者劳伦斯·利普金的说法,他有一本书叫《弃妇与诗歌传统》(*Abandoned Women and Poetic Tradition*)。我是用西方的文论来解释张惠言为什么这样说,因为张惠言没有给出真正有逻辑性的文学理论,所以张惠言的说法就被王国维所批评:"固哉,皋文之为词也!"他说张惠言真是顽固啊,温飞卿的《菩萨蛮》有什么用意?都被张皋文"深文罗织"了。

我刚才举那些西方的文论,是在替张惠言辩护。我认为张惠言这样说,不是完全没有道理的,因为里面的蛾眉呀、画眉呀,成为了一种文化的符码,而且我也曾经举了历史的背景,说像温飞卿所在的晚唐的时代,政治上发生了很多不幸的事情,而且,温庭筠也确实在仕宦上很不得意。这是我替张惠言所做的解释,说他不是比附啊,他不是随便地妄自这样说,他是有道理的,有语言上的缘故,有历史上的缘故。那么,王国维既然批评了张惠言,所以到王国维再来解说小词的时候,他当然就不是用张惠言的这种比附的方法了。那么王国维用什么样的方法来解释这个小词里面的含义呢?小词里边能够让读者引起很丰富的联想,这是小词本身就有这一种可能性。小词本身有这一种可能性,所以张惠言可以从小词中生发很多联想。王国维也有很多联想,但是,王国维他不是从语言的符码来讲了,他从哪里来讲呢?我们看一看王国维的说法。

我们曾经也引过,王国维说,词里面有一种境界。他不是说词里面有一种寄托,他说词里面有一种境界,就是说不见得是词的表面所说的意思,可是词里面的那种境界可以给读者很多的联想。王国维的解说有几种不同的方式,怎么样来解说这词里面的意境,我们已经讲过的,王国维说是词里面的境界本来就有高下之分,有的人的小词就是淫靡的,有的人的小词就是雅正的。我们上次举过的例证,说像《花间集》里边的一些词,他认为那是淫靡的;像欧阳修、秦少游的一些词,他认为就是雅正的。这是王国维看到小词里边有言外的意思的第一种方法。就是从小词本身的格调高低来看,有的是淫靡的,有的是雅正的。

那么王国维还有第二种方法。他的第一种方法,是从小词的品格来看的,"词之雅正,在神不在貌。永叔、少游虽作艳语,终有品格"。但是王国维还有第二种解释的方法,他怎么来看这个小词呢?他是这样来看的,就是用中国旧传统的断章取义的方法,我们说这是在中国的春秋时代，那些使者到各国去聘问，他们彼此之间的问答都是引这些诗句，他们所引的诗句不是诗的本义，而是断章取义，只是取诗里边的一部分、几句话，断章取义地被他们所利用。

我们上次也讲过，其实从《论语》里边，孔子跟学生谈诗，就是断章取义。像子贡跟孔子的问答，说："贫而无谄，富而无骄，何如？"子曰："可也；未若贫而乐，富而好礼者也。"子贡曰："诗云：'如切如磋，如琢如磨'，其斯之谓与？"所以他以诗讲修养，你应该用什么态度，说贫穷而不谄媚，富贵而不骄傲。孔子说这还不够好，是贫穷而能够安然自乐，富者还能够好礼。是讲修养的时候拿诗来作证明。我上次还曾经讲了一个例证，是说卜商，也是孔子的学生，问孔子："'巧笑倩兮，美目盼兮，素以为绚兮'，何谓也？"卜商问孔子，说有一个美女，当她笑起来的时候，脸上的酒窝非常美丽，巧笑倩兮。说这个女孩子，她的眼睛又很美丽，她眼光的流动，美目盼兮。"素以为绚兮"，"绚"是绚丽、多彩，可是他说白色是绚丽多彩的，所以卜商不明白，就问老师，说："何谓也？""巧笑倩兮，美目盼兮，素以为绚兮"，那老师，这是什么意思呢？他是问，《诗经》里面说："巧笑倩兮，美目盼兮"，什么意思？"子曰"，他的老师就回答说，"绘事后素"，说画画的事情啊，是在洁白以后。你先要有一张洁白的底子，先打出一个白色的底子，然后在上面涂彩色，那个彩色才鲜明。如果本来就是污秽的，即使涂上彩色，也不鲜明了。所以绘的事情是在后的，后于素，要先以洁白为主，然后才能够有绘，"绘事后素"。本来是解释的《诗经》里边的诗句，那么卜商就说了："礼后乎？"按照老师这样说，我们外表的这些行为的礼节，是在以后的，那什么在以前呢？是你内心的感情的本质，这才是重要的。你尊敬这个人，所以你对他很有礼貌；不是外表恭敬，而你心里边没有这种恭敬的感情，这是虚伪的。所以"绘事后素"。卜商曰："礼后乎？"这是从诗句想到了人生的修养。

刚才我们举的两个例证，子贡说好礼，说"贫而无谄，富而无骄"怎么样？这是先说到修养，然后说"如切如磋，如琢如磨"，再引到《诗》云，是从修养到诗歌。卜商是从诗歌到修养。而这种联想，他们的这种联想，都是断章取义，全诗说的是什么，他不管这个，整首诗说的是什么，他不管。只说这一句话，"素以为绚兮"，我想到"礼后乎"，这种解释的方法是断章取义。我为什么要讲这些故事呢？因为王国维把小词解释成有很多隐藏的意思，有的时候他是从小词里边的品格的高低来说的，有的时候呢，他其实是断章取义。那断章取义的证明我们上次也曾经讲过了，就是王国维所说的小词有三种境界，说"昨夜西风凋碧树，独上高楼，望尽天涯路"就是第一种境界。可是那个本来是晏殊的一首小词，不是讲什么成大事业、大学问的几种境界，所以像王国维这样讲，是断章取义。小词中的三种境界，这是王国维解释小词的言外的意思的另外的一种方式，他是从断章取义来讲的。

毫无疑问，王国维一定是一个非常会读词的人，所以他可以从外表写的同样的美女跟爱情看出来这个美女爱情写的是品格低的，那个美女爱情写的是品格高的，这是王国维的第一种方法，看词的境界的高低。那么另外呢，他断章取义，人家的小词写的是相思怨别，而他看出来有成大事业、大学问的三种境界，这是王国维看到小词的言外的意思的第二种方法。那么王国维还有从小词看到言外的意思的第三种方法。所以王国维是很会讲词的，他对词有很多心领神会的感受。

那么第三种方法他怎么讲呢？他也有一个例证，他说："南唐中主词'菡萏香销翠叶残，西风愁起绿波间'，大有众芳芜秽，美人迟暮之感。乃古今独赏其'细雨梦回鸡塞远，小楼吹彻玉笙寒'。故知解人正不易得。"南唐中主的这首词本身说的是什么呢？这首词本身说的是思妇。我们说过，古人的词都是写美女跟爱情，都是写相思和怨别，而如果是美女的相思怨别，那肯定是思妇。思妇是我们中国古典诗歌里边的一个悠久的传统，而我们中国的妇女是命定的，旧社会的传统的妇女是命定要做思妇的。因为男儿大丈夫志在四方，不管为官做宦，不管行商坐贾，不管是做官还是做买卖，要养家糊口，一定要出去。而女子一定是大门不出、二门不迈，要在家里边侍奉公婆、养育子女的，所以女子就注定是思妇。而男子如果在外边，不管是做官也好，不管是做生意也好，碰到另外一个美丽的女子，移情别恋呢，于是这个思妇就从思妇变成怨妇了。这是中国旧社会家庭里的女子命定的悲剧，所以所有写到女子的相思的爱情的，都是思妇怨妇的悲哀。

> 菡萏香销翠叶残，西风愁起绿波间。还与容光共憔悴，不堪看。
> 细雨梦回鸡塞远，小楼吹彻玉笙寒。多少泪珠何限恨，倚阑干。
> ——李璟《摊破浣溪沙》

南唐中主李璟所写的，也是思妇怨妇的悲哀。他不见得真是为了同情思妇怨妇，要写一个这样的小词，而是说中国的古代的词，本来是配合音乐来歌唱的歌词，歌词是要给美丽的歌女去唱的，要写女子的感情。所以歌词的传统就一定是这个传统，都是相思，都是怨别，都是思妇和怨妇的心声。我们刚才说了，为什么她变成思妇、怨妇，是因为男子要出去了，男子有他的工作，男子要做官啊，要做生意，于是这个女子就说了："菡萏香销翠叶残，西风愁起绿波间。"菡萏就是荷花，也叫作莲花。"菡萏"两个字，是非常古雅的，见于中国的《尔雅》的《释草》这一章，《尔雅》是给这些名物作解释的一本书。《尔雅》说，荷又称菡萏，所以菡萏就是荷花的一个古雅的名字。我们俗话就说荷花，古雅的名字管它叫作菡萏，于是就把这个"荷花"这么俗的一个名字，抬高成一个古雅的名字了。当秋天的时候，荷花的香气消减。荷花，任何的花，都是刚刚开放的时候香气最浓，从含苞乍开的时候，这个香气最浓，开到残败的时候，香气就消减了。菡萏的香气消减，它的荷叶也残破了。我说过我们所有的花树，它们的凋零，它们的残破，是不一样的。我在温哥华住，温哥华满街都是樱花。樱花那么细小的，那么碎碎的小花瓣，它就是刚开出来，也许只有一天，一阵风过，花就都落下来了，所以杜甫说："一片花飞减却春，风飘万点正愁人。"（《曲江二首》其一）我每年在温哥华看到花开

第七讲 美人迟暮

花落,花谢花飞飞满天,这是樱花的花落。荷花是怎样落呢?荷花那么大瓣,所以它不会被风一吹,所有的花瓣都落了。它是一片花瓣掉了,这边还有几片花瓣。再一片花瓣掉了,这还有几片花瓣。所以它是,慢慢地一瓣一瓣地凋零。茶花,我家里有一棵茶花。茶花是不落的,花瓣从来也不落,它开到最后,就变成枯黄萎缩在树枝的枝头。所以每一种花的残败,形式不同,给人的感受不同。"菡萏香销翠叶残",一种零乱、破败,那个花,一瓣零落了,花不完整。叶子残破了,叶子不完整。樱花,你看不到它残破,一片花飞,它完全都落了。柳絮是连开都看不到,它就落了。所以"菡萏香销翠叶残",这是种残破的、凋零的感觉。"西风愁起绿波间",秋风,西风就是秋风。我们中国讲阴阳,讲五行,说秋天于时为金,是肃杀的,是凋零的,是草木都零乱的。所以"西风愁起绿波间",西风就带着那样的哀愁从那个水面上吹过来。

> 红楼别夜堪惆怅,香灯半卷流苏帐。残月出门时,美人和泪辞。
> 琵琶金翠羽,弦上黄莺语。劝我早归家,绿窗人似花。
> ——韦庄《菩萨蛮》

古人说:"思君令人老。"(《古诗十九首·行行重行行》)韦庄的词说:"劝我早归家,绿窗人似花。"因为女人的美丽的日子是很短暂的,人们说三十岁以后,女子就开始凋零了。只有十几岁、二十岁,那才是女子的年龄最好的季节,所以他说我看到花的凋零、残破,就跟女子的容光一样,"还与容光共憔悴"。我刚才说韦庄词"劝我早归家,绿窗人似花",绿窗的人像花一样美,绿窗的人也像花一样容易凋零。所以,你不归来,不回来,我的容光就跟外边

> 行行重行行,与君生别离。
> 相去万余里,各在天一涯。
> 道路阻且长,会面安可知。
> 胡马依北风,越鸟巢南枝。
> 相去日已远,衣带日已缓。
> 浮云蔽白日,游子不顾返。
> 思君令人老,岁月忽已晚。
> 弃捐勿复道,努力加餐饭。
> ——《古诗十九首·行行重行行》

的"菡萏香销翠叶残"一样憔悴,"不堪看"。所以,我不忍心,不忍心看到荷花的残破、凋零,想到一个女子自己的"思君令人老,岁月忽已晚",所以这首词是写她的相思。相思怎么样呢?白日,日有所思,夜有所梦,所以她梦里边梦到了她所怀念的远人,应该是她的丈夫。丈夫在哪里?丈夫在鸡塞,鸡塞是遥远的边塞。她梦中梦到鸡塞,是梦到鸡塞的人回来了,还是梦到我到鸡塞去了呢?这两种可能都是有的,是我梦到自己去鸡塞探望我爱的人,还是我梦到我爱的人远从鸡塞回来了看我。唐人也有诗,说:"可怜无定河边骨,犹是春闺梦里人。"(陈陶《陇西行》)所以我梦到我所爱的那个人,不管他是从鸡塞回来了,还是我到鸡塞去了,我在梦里边是"枕上分明梦见",这是韦庄的词。"昨夜夜半",昨夜的半夜,"枕上分明梦见",我就在枕上分明梦见我所爱的那个人,这么清清楚楚地,言笑都如在目前。"觉来知是梦",我醒了,知道我们的相见,只是一场梦,"不胜悲",所以这个女子也是。(韦庄《女冠子》)细雨梦回,觉来知是梦,我所怀念的人,仍然在鸡塞那么遥远的地方。那么这个女孩子醒来以后,满心的相思哀愁无可排遣,所以就在小楼吹起玉笙。很多人就是在内心有一种感情不得抒解的时候,就用音乐来表现。所以阮籍的《咏怀》诗第一首——

> 夜中不能寐,起坐弹鸣琴。
> 薄帷鉴明月,清风吹我襟。
> 孤鸿号外野,翔鸟鸣北林。
> 徘徊将何见?忧思独伤心。
> ——阮籍《咏怀》其一

阮籍的《咏怀》有八十几首——阮籍的《咏怀》第一首说什么？说："夜中不能寐，起坐弹鸣琴。"人内心有一种感情不得排解的时候，你就起来弹琴，用音乐来传达，来表现你的悲哀。所以，"细雨梦回鸡塞远"，我就拿起玉笙来吹，在这孤独的小楼之上，一直吹到什么时候，"吹彻"，是吹到尽头，直到玉笙寒冷。

> 梳洗罢，独倚望江楼。过尽千帆皆不是，斜晖脉脉水悠悠。肠断白蘋洲。
>
> ——温庭筠《梦江南》

按照古人的乐器，我不是音乐家，但是我听人说，说笙这种乐器，它有一个薄膜，贴在里面吹。而这个笙呢，是喜欢暖的，就是气候温暖的时候，这个笙吹出来的声音就好听。所以李商隐还有一首诗说："东风日暖闻吹笙。"（《二月二日》）"多少泪珠何限恨"，当她吹笙的时候，当然也流泪，所以多少离愁别恨，"倚阑干"。就是第二天天亮了，她还是要怀念她的远人，总希望早一分钟见远人也是好的，所以我们那天讲晏殊的词，才说"昨夜西风凋碧树，独上高楼，望尽天涯路"。我们还没有讲过，但是大家也许读过温庭筠的一首词，说："梳洗罢，独倚望江楼。"所以思妇就是站在楼头，瞻望远方，希望所爱的人从远方的地平线上出现，所以"倚阑干"。这首词，以主题来说，绝对是一首思妇之词。可是王国维居然这样说，他说："南唐中主词'菡萏香销翠叶残，西风愁起绿波间'，大有众芳芜秽，美人迟暮之感。乃古今独赏其'细雨梦回鸡塞远，小楼吹彻玉笙寒'。故知解人正不易得。"其实人家是对的，别人赞美这"细雨梦回鸡塞远，小楼吹彻玉笙寒",是对的。这两句不但对偶工整,辞藻美丽,而且是思妇、怨妇的主题。所以赞美这首词,说这两句词好,这是完全正确的。

但是王国维读词,有一种独到的跟别人不同之处。他从微言,我们曾在讲张惠言时讲过,说小词是"兴于微言,以相感动",所以会读词的人,讲词讲得好的人,不是只看它外表说什么,是要看到那个小词里边的微言。微言不是说它说什么,不是说它意思是什么,是它给这个读者什么样的感发,给这个读者什么样的联想。所以小词之妙,就在它的微言,能够给读者很多的感发和联想。王国维就从"菡萏香销翠叶残"的微言,引起了他的感发和联想。他想到什么呢?

他说就是这两句词"菡萏香销翠叶残,西风愁起绿波间","大有众芳芜秽,美人迟暮之感",就有"众芳芜秽,美人迟暮"的一种哀感,一种感慨,一种感叹。那什么是"众芳芜秽,美人迟暮"的哀感和感叹呢?这又是出于屈原的《离骚》。《离骚》每一句都很长,他说:"余既滋兰之九畹兮,又树蕙之百亩。"他说我种了九畹的兰花,我还种了百亩的蕙草。兰花、蕙草都是芬芳的、美好的植物。"冀枝叶之峻茂兮,愿竢时乎吾将刈。"我就希望,希望我所种的兰花蕙草的枝叶长得茂盛,开出美丽的花朵,我等到它们开花的季节,"吾将刈",我就会收获这么多的美丽芬芳的花朵。可是呢,结果这些花都干死了。屈原又说

余既滋兰之九畹兮,又树蕙之百亩。畦留夷与揭车兮,杂杜衡与芳芷。冀枝叶之峻茂兮,愿竢时乎吾将刈。虽萎绝其亦何伤兮,哀众芳之芜秽。

——屈原《离骚》

了,他说,我所种的花,死了还不可惜,我是"哀众芳之芜秽"。他说我所种的花都死了,"虽萎绝其亦何伤兮,哀众芳之芜秽"。"萎",是枯干了。"绝",是死去了。虽然我种的花都枯干了,都死去了,干死了,"其亦何伤"?我不是为我的花的萎绝而哀伤,我所悲哀的是众芳之芜秽。

为什么所有的花都枯萎了?为什么所有的花都芜秽,都变成一堆烂草了?这是屈原的悲哀。如果我一个人种的花死了,你们种的花都活了,那是一件好事,我不为我的花死了而悲哀,可是为什么我们这个国家就没有人种出那美丽的花草来呢?教育也是如此的,我培养不出来学生,你们大家都培养出来了,这就是好事情。他说:"虽萎绝其亦何伤兮,哀众芳之芜秽。"为什么所有的花都凋零,都零落了呢?他说这两句就有屈原的这样的意思。

那么南唐中主的这首词有这样的意思吗?未必有。可是王国维为什么说它有呢?是从微言看出来的。王国维没有告诉我们他为什么这样说,而且他说我说的才是对的,你们说的是不对的,是"解人正不易得",你们都不是"解人"。你们没有看出这首词的真正的意味,只有我看出来了。他凭什么这样说?这就是王国维读词的一个很大的特色,他看到别人所看不到的地方,他有别人所没有的感动。从何而来,他也没告诉我们。我们旧传统的诗话、词话、诗说、词说,从来不给我们逻辑理论的解释。

我现在是在王国维的百年之后,我要尝试着说明他为什么这样说。"菡萏香销翠叶残",我们刚才说了,菡萏就是荷花,但是他不用"荷花",用了"菡萏",这是《尔雅》

上的名字，所以给人一种古雅的、高贵的感觉。所以我说这是微言，张惠言说"兴于微言"，你对于小词的感动，是因为那种最细致、最微妙的语言给你的联想，是一种微言。所以菡萏是古雅高贵。"香销"，不但要关注它的意思，每个字，它有字义，还有什么呢？还有字音呢。字音同样会给你一种微妙的感觉。"香销"，都是x的声音，两个字是双声，"香销"是双声。"菡萏香销"，就是那种最高贵的、最美好的，一点一点在消逝了，是声音给我们这种慢慢消逝的感觉。"菡萏香销翠叶残"，荷叶也残破了，但如果你不说"菡萏香销翠叶残"，你说"荷花凋零荷叶残"，意思差不多嘛，可是"荷花凋零荷叶残"，不能够给人"众芳芜秽，美人迟暮"的感觉，而"菡萏香销"可以给人这种感觉，从微言。

因此我说"菡萏"古雅高贵，"香销"有那种声音的消逝的、绵远的消逝的感觉。叶就是荷叶，但是我们不只说荷叶，我们也不说绿叶，"荷花凋零绿叶残"，"荷花香销绿叶残"，都不是，是"菡萏香销翠叶残"。这个"翠"字，让我们联想到翡翠、珠翠、翠玉，所以这个"翠"字，也有很多珍贵的联想。那天我们在引王安石的诗时说，为什么说"春风又到江南岸"，不好，"春风又过江南岸"，还不够好，"春风又绿江南岸"，好。所以这个诗，一点点那种微妙的语言的作用，是非常重要的。你现在就知道了，"菡萏"是高贵的，"香"是芬芳的，"翠"也是珍贵的，而在所有的美丽的名词、形容词之间只有两个动词，一个是"销"，一个是"残"。在所有的珍贵美好的名词和形容词之间，只有两个动词，"销""残"，消灭残破了。所以，这句词就集中给了读者一种感觉，就是所有珍贵的、美好的，现在都消逝了，都残破了，都不完整了，都逝去了，所以就"众芳芜秽，美人迟暮"。而"众芳芜秽，美人迟暮"既然是屈原《离骚》里的话，屈原说了："余既滋兰之九畹兮，又树蕙之百亩。""冀枝叶之峻茂兮，愿俟时乎吾将刈。虽萎绝其亦何伤兮，哀众芳之芜秽。"屈原的《离骚》，绝对是有寄托的含义的。屈原是楚国的同姓，做三闾大夫，而眼看着自己的国家一步一步走向衰亡，他没有力量挽回。他劝告楚王，楚王也不听。而且他所爱戴的那个楚王入秦不返，被秦国给骗去了，后来就死在秦国了。看到国家如此，他没有办法，所以"众芳芜秽，美人迟暮"。一个有才华的，一个有理想的，一个有美好的感情和修养的人，日月逝矣，时不我与。"日月忽其不淹兮，春与秋其代序；惟草木之零落兮，恐美人之迟暮。"屈原尽管有美才，尽管有美质，可是日月不待，所以美质不遂，良可痛惜，所以"众芳芜秽，美人迟暮"。这是在楚国危亡的时候，屈原眼看着楚国的危亡无能为力，所以屈原的《离骚》果然有这样的意思。

　　南唐中主的小词，我说了，他不过是写一个歌词，这歌词里面有共同的主题，思妇、怨妇，王国维你尽管作为一个读者看到这么多意思，作者果然有这样的意思吗？这就是我们上次讲到西方的文学评论，最初是重在作者，我们都要考查作者生活在什么时代、什么背景、什么出身，这首词是什么主题，它是写什么。我们是以作者为主，后来呢,就说以作品为主,说这个作品的修辞怎么样好,描写怎么样好,就是怎么样好,后来就到读者。从作者,而作品,而读者,有读者的反应论,王国维,这是他作为读者读出来的意思,作者未必有此意。可是,妙就妙在南唐中主的这首词,是很可能有此意的。我这样说,大家都不会相信,它明明是一首歌词,你怎么说它有屈原的"众芳芜秽,美人迟暮"的感慨呢?

咱们先看一看历史上的记载。中主,南唐人。有一本记载南唐历史的书,就叫《南唐书》,作者叫作马令。马令的《南唐书》记载有《谈谐传》,谐就是开玩笑的,常指古代的倡优,那些会唱歌的、会说笑话的人,给他们写的传记就叫《谈谐传》。《谈谐传》里边就记载有一个人,这个人叫作王感化,他是一个乐人,会唱歌的。《南唐书》上记载说,南唐的中主李璟,写了这首词就是给这个乐人王感化去歌唱的。而《谈谐传》里边还记了一段故事,说有一天,南唐中主叫这个乐人王感化唱一首曲子,于是王感化就唱一首曲子。这个曲子的第一句是"南朝天子爱风流"。南北朝的时候,南朝宋、齐、梁、陈国运都非常短暂,很快就都灭亡了,都是偏安在南方。于是这个乐人就唱:"南朝天子爱风流",你知道下一句吗?你等着他唱,他再唱"南朝天子爱风流",还是这一句。你再等他唱下一句,他还是"南朝天子爱风流"。于是,南唐中主李璟就恍然大悟,这个乐人在讽刺自己。你南唐偏安在这里而不能够奋发图强,每天听歌看舞,"南朝天子爱风流",你的国家能够久长吗?所以这就很妙了,就是说作者没有这个意思，可是它的语言的环境，它的背景，是有这种喻托的可能性的，怎见得？我们也要给它一个西方理论的解释。

（张弘韬整理）

第八讲

担荷人类罪恶

我们说，词这种文学体式，是非常微妙的一种文学体式，它的微妙之处就在于，它本来是歌词。歌词就是说，只是给歌女去唱的词，与作者本身的思想、感情、经历，没有必然的关系，所以不像诗。诗你要讲作者的生平、写作的背景，它的主旨是什么。可是词，唯其是给歌女去写的歌词，不一定是写自己的感情和志意，所以反而有的时候能更真实地表现这个作者内心深处的、他最真诚的一个本质是什么。我曾经讲过，"观人于揖让，不若观人于游戏"，我们看一个人在大庭广众前揖让进退，他有一种造作的意思。他游戏的时候，忘记了自己，那个时候，反而表现了他最真实的自己。小词的妙处，就在于此。因为小词是歌词，作者不是用言志的、抒情的这种主观的、很明显的意识去写的，所以反而在无形之间，把他内心之中的一个最真实、最本质的东西流露出来了。

我们上一讲说，南唐中主的那首《摊破浣溪沙》，也许他写的就是一个思妇之词，就是给歌者去唱的歌词，可是因为南唐的处境，是处于一个偏安的、一个不安定的情况之中，所以它有时候反而无形之间，流露出来了一种"众芳芜秽，美人迟暮"的悲哀，也就是屈原所看到的楚国危亡无日的悲慨。屈原是亲眼看到楚国的危亡，他是有意识地有这种悲慨；南唐中主的显意识里边，也许并没有这种悲慨，他只是写一个歌词，可是他在无形之中，可能把这种危亡的悲慨表现出来了。这种情况，如果我也在西方的文学理论之中给它找一个词语——我现在都是在尝试，把中国旧传统的、没有逻辑性的、没有理论说明的那种词话、词论，要用现在的、西方的比较有逻辑性的这种理论加以说明。我们在讲张惠言的《词选序》的时候，我们在评说温庭筠的词的时候，讲到像"蛾眉"呀，"画眉"呀，都是文化的语码，文化上的语言的符码。就是说，当一个语词在传统里边被大家应用的时间长久了，这个语言符号，比如说"蛾眉"，比如说"画眉"，就变成了一个符码，代表了我们传统文化中的一个文化的符码。所以像"蛾眉"呀，"画眉"呀，"簪花照镜"呀，就在我们中国的文化传统之中，有这样的一个文化符码的作用。所以张惠言之从温庭筠的一些小词，看到一些美人的、香草的、《离骚》的悲慨，可能是文化符码的作用。

还有一个原因，我也说了，那是因为，无论是在西方，还是在我们东方，诗人有一种双重性别的微妙的意识。就是说，男性的诗人，当他在诗里边表现女性的感情的时候，特别是在表现这女子失去了爱情，得不到男子的宠爱的时候，可能这个男子无形之中流露出来的是他自己不得任用的一种悲慨。写《弃妇与诗歌传统》这本书的劳伦斯·利普金，他是个美国学者，所以他所写的是兼指——既指西方的诗歌的传统，也指东方的诗歌的传统。其实很多西方的现在的文学批评家、理论家，他们并没有忽略东方的中国，他们都研究中国的诗歌的传统。不但劳伦斯·利普金是这样,他重视中国的诗歌的传统,而且我常常引的一个法国的女学者朱丽亚·克利斯特娃(Julia Kristeva),对于中国的文学、中国的诗歌的传统,也是非常熟悉的。在利普金《弃妇与诗歌传统》这本书里面,引用了很多中国的诗,他说中国诗有一个写弃妇的传统,而当作者写弃妇的时候,其实他是写他自己得不到任用,得不到皇帝的任用的一种悲慨。而他也说了,不仅东方如此,西方也是如此。西方也许很早就脱离了封建社会,没有君臣之说,但是所有的男子在他工作的环境之中,在他的职业的职场之中,如果他得不到主管的信任,如果他受到同事的轻视,他同样有一种弃妇的悲哀。他说男子比女子更需要抒写这种感情,更需要这个弃妇的形象。因为女子自己就是弃妇,她只写她的感情,女子是可以这样写的。可是男子,男子有一种男子的自尊心,是非常强烈的。当他在一个职场之中,没有受到尊敬,被别人冷落、轻视的时候,他有最大的悲哀,但是他绝对不会说出来。所以男子更需要一个面具,一个弃妇的面具,来寄托他的悲慨。

我们讲温庭筠的词,我们可以说,张惠言的这种解说,运用两种方式,一个是文化的符码,一个是双重的性别。因为作者温庭筠是男子,他写了女子失去爱情的悲哀。词的表面,是个女子,有double gender,是男子用了女性的形象,写女子的悲哀,是双重的性别。现在我还想用一个西方的文学理论,来讲南唐中主的这首小词,我说那是双重的语境(double contact),"contact"就是你所接触的。一般说起来,我们一个人在什么地方,我们只有一个语言的环境,怎么会有双重的语言环境呢?在南唐的那个时候,南唐中主在他的小环境里,他听歌看舞,可是整个他的国家——南唐处在五代十国的那种战乱之中,当它被北方的逐渐强大起来的后周日渐逼进的时候,整个南唐都有一种危亡无日的悲慨,那是一个大的语言的环境。所以语言的环境也可以"double"——双重的语言环境。我在这里听歌,这是我小的语言的环境,我们整个的国家,在危亡无日之中,那是我们整个的南唐的语言环境。所以这里有个"double contact"。

张惠言把温庭筠的词讲成有什么屈原《离骚》的意思,我说,他所用的是语言的符码;同时,我也说了,是温庭筠的时代,有它的历史的背景。张惠言没有说,我们后来的人,用这种理论来推想张惠言说温庭筠有《离骚》的托意,可能不是完全错误的,可能不是完全无中生有,可能不是完全牵强附会,是因为他一方面用的是语言的符码,一方面用的是双重的性别。那么现在王国维说南唐中主的词有这种意思,我说用的是双重的语境。王国维没有说,张惠言也没有说,是我替他们用西方的理论来解释。"菡萏"与"荷花"的不同,"菡萏香销"的双声的那种感觉,"翠"的珍贵,"香"的芬芳,"菡萏"的古雅,所有的美好的形容词,跟名词连在一起,一个"残",一个"销","众芳芜秽"呀,是所有珍贵的、美好的都残破了,都失去了。所以这个不是从语言的符码,那我用一个什么样的西方的理论来说明呢?是显微结构(microstructure)。我不是在加拿大被人逼着要用英文去教书吗?所以我才学习了这些英文。

显微结构是西方的一个学者艾柯（Umberto Eco）提出的。micro，英文的意思就是细微的。microwave oven，微波炉，microsoft，微软。"structure"是结构，我们本来说语言的结构，名词、动词、宾语，这是很粗糙的语言的结构，但是我们说"菡萏香销翠叶残"，这个是显微结构，是微言，所以张惠言的《词选序》说"兴于微言"，张惠言没有这种理论的背景，但张惠言真是一个会读词的人，所以他才说小词是给你一种兴发感动，你从哪里得到兴发感动？从它那种最微妙的语言里边，得到了兴发感动。所以现在我把张惠言跟王国维放在一起说，两个人都是很会读词的人。张惠言是从文化符码跟历史的背景、双重的性别，体会到温庭筠的词可能有言外的意思。王国维是从显微结构这个微言，还有双重语境，体会到南唐中主的词可能有这样的含义。可是这都是我，在王国维的百年之后，尝试用我们现在的、当代的一种文学理论来给它们作出的解释——王国维只是那样说，王国维没有解释。那么现在我说，王国维看到小词的言外的意思，已经有了几种可能性了：一种是他从词品的高低，说有雅正的，有淫靡的。整个儿的，不是说词的内容，都是写美女，都是写爱情，但是所写的美女和爱情，有一种品格、境界的高低，这是王国维《人间词话》的一个独到之处。还有一点就是，王国维从词的微言，他从微言里边，有很微妙的体会，而不是只看你外表的思妇、怨妇，他体会出很多的意思。而且我们还说，他的微言的体会不是全然荒谬的，因为南唐的中主果然处在双重的语境之中。这是王国维的第二点讲词的微妙之处。那么王国维的说词还有第三种微妙之处。

我们所讲的都是小词的修养和境界，小词可以给人看到这么多东西，它可以有文化语码，它可以有显微结构，它可以有双重的性别，它可以有双重的语境，小词之微妙一至于此！那么王国维解释词的丰富的含义，还有另外的一种独到之处。那就是他说南唐后主的词。刚才我们所看的，是他说南唐中主的词，现在我们来看他说南唐后主的词。我们还是先看后主词本身。我们把这首词讲了，再来看王国维的说法。这是一首非常短小的小令，令词，《相见欢》：

> 林花谢了春红，太匆匆。无奈朝来寒雨晚来风。　　胭脂泪，相留醉，几时重。自是人生长恨水长东。

这首词就是写春天花落，可是给人非常丰富深远的感发和联想。我们先看词的本身。"林花谢了春红"，这真是好。花谢，"花谢花飞飞满天，红消香断有谁怜"，这当然也不错，流利婉转。可是"林花谢了春红"，短短的六个字，非常悲哀。"花谢"，我说这是简单，花就是谢了，什么花谢了？林花，不是一枝花谢了，不是一树的花谢了，是满林的花都谢了。就没有一枝留下来吗？是林花，满林的花都谢了，"林花谢了"啊。什么样的花谢了，春天的花，红色的花，那么鲜艳的，那么美好的，那么有光彩的，"林花谢了春红"。你不管它多么美丽，不管它多么有光彩，你留不住它，"林花谢了春红"。所以真是太匆匆，真是太快了。

> 《相见欢》是篇幅极短，而包容却极深广的一首小词。通篇只从"林花"着笔，却写尽了天下有生之物所共有的一种生命的悲哀。

我常常想，温哥华的花，我如果今年回去，我每年回去都会看到，满街都是花，你想不看都不行的。我从我的家，开车到我的学校，一路上的两边都是花。当年有一个女学生，现在这个女学生已经出家，削发为尼了。她前些年还曾经到南开大学来看我，来过两次。但她当年是住在我家里边的，我每天开车，她就跟我一同去上课。我们一路上就看见这个花怎么样含苞，那个花怎么样开放。可是，只要有花开，地上就有落花，是樱花。一阵风吹来，就有零碎的花瓣落下来了。没有开放以前，那个花苞是粉红的颜色，它开开以后，颜色就慢慢慢慢地淡下去了，含苞的时候颜色浓，开开的颜色就淡了。我那个学生，就是现在已经削发为尼的，她说这个花看起来贫血了，她是用医学的话来说的。因为它变得非常苍白了，一阵风来，真是满林的花都谢了。这时的地上，就是李后主说的"砌下落梅如雪乱，拂了一身还满"，就是这样的景色，所以"林花谢了春红，太匆匆"。《桃花扇·余韵》里边有"眼看他起朱楼，眼看他宴宾客，眼看他楼塌了"，就是繁华过眼，转眼就过去了，是太匆匆。我们道路两边的樱花，前后陆陆续续地开放，从开花到全部谢完，能够有一个礼拜就不错了。还有一年，我跟我女儿都在北京师范大学教书，我教古典诗歌，她教英文。我们住在友谊宾馆。我们住的那个宾馆的门前，是一棵榆叶梅——北京所特有的花。我们出门的时候，花开得非常美。我女儿就说，这个花开得真好，我们下午回来给它照一张相，我说，好。我们两个去上课。等下午回来,当天,就起了我们北京春天特有的风沙,你下午回来看这一树花,完全憔悴,上面都是灰尘,都已经残破了,花开是如此的短暂,"林花谢了春红,太匆匆"。你再看李后主的一个特色,李后主没有说什么"小山重叠金明灭,鬓云欲度香腮雪","林花谢了",大白话,"太匆匆",大白话。但是写得真是好,"太匆匆",写得这样的真诚,他的那种哀悼、那种悲痛,"林花谢了",是"太匆匆",他的感情非常真诚。

每个人有每个人的不同的好处,也许有的人是含蓄高雅的好处,但是有些人,正是那种真纯的,那种不假掩饰的感情才是好的。"林花谢了春红,太匆匆。无奈朝来寒雨晚来风。"无可奈何,你没有办法,你没有办法逃避。当我们北方春天的风沙起来的时候,什么地方去逃避?没有一朵花可以去逃避,真是无可奈何。是只有风吗?他说不是,还有雨,是"朝来寒雨晚来风"。难道它早上有雨晚上有风,早晨有雨就没有风,晚上有风就没有雨?不是。在我们诗歌的传统里边,凡是对举的,都是代表周而复始的,所以"朝来寒雨晚来风",那就是"朝朝暮暮,雨雨风风"。

我们上次讲张惠言的《水调歌头》,写得真是好,那是另外一种好处。我们说小词里边的修养和境界,每个作者有不同的修养,每一篇作品有不同的境界,每一个说词、评词的人——张惠言、王国维,可以看到不同的修养与境界。不同的修养与境界,不同的人就看到那不同的花开花落。你看人家张惠言写的:

> 长镵白木柄,劚破一庭寒。三枝两枝生绿,位置小窗前。要使花颜四面,和着草心千朵,向我十分妍。何必兰与菊,生意总欣然。

张惠言说,不是外边的满林的花,是我自己,我拿着长镵白木柄——这当然都有象喻性,就是一个铲子,锄地的。"劚破一庭寒",我亲手把那个冻了冰块的泥土刨开,我亲自种下去的种子,而且我不是很容易的,我是把"一庭寒"——满院子的寒冷的土,用我的劳动力把它锄破,种下去的种子,长出来花了。"三枝两枝生绿,位置小窗前",我把我亲手种的花,种在我自己的窗前。"要使花颜四面,和着草心千朵,向我十分妍。"我种出来的花,那个花开的四面,"和着草心千朵,向我十分妍",所以是"何必兰与菊,生意总欣然"。你不要说别人的兰花怎么高贵,别人的菊花怎么美好,你不用跟别人去比,你不用管别人那里的兰花和菊花,这是你亲手种下来的,虽然只有"三枝两枝生绿","向我十分妍"。你种出来的花就都顺利了吗?"晓来风,夜来雨,晚来烟",朝朝暮暮,雨雨风风,"无奈朝来寒雨晚来风",你既然种了花,你就要准备、要承受这朝朝暮暮的雨雨风风。可是人家张惠言说得好啊,就是在这风风雨雨之中,"是他酿就春色,又断送流年"。

孟子说:"天将降大任于是人也,必先苦其心志,劳其筋骨,饿其体肤,空乏其身,行拂乱其所为,所以动心忍性,曾益其所不能。"你不要害怕,风,雨,烟,"朝来寒雨晚来风","是他酿就春色,又断送流年",是它把春天给你的,它也在风雨之中消磨了。你既然来到人世,就要准备经受这一切的考验和磨炼,准备经受这一切的灾难和痛苦。他说,好吧,如果人世之间,都是痛苦,都是不幸,我离开这个尘世。"便欲诛茅江上,只恐空林衰草,憔悴不堪怜。"所以很多人,看这个社会什么地方都不满意,就躲起来了,隐居了,独善其身了。张惠言说"只恐空林衰草,憔悴不堪怜",我何必种花呢?众芳芜秽嘛。我为什么要种花?我要躲起来,"只恐空林衰草,憔悴不堪怜",你就是诛茅江上,离开人世——孔子说:"吾非斯人之徒与而谁与?"你不跟这个社会人群在一起,你到哪里去呢?"歌罢且更酌,与子绕花间。"他是勉励他的学生,我们同时唱一首歌,饮一杯酒,我跟你就绕着我们所亲手种的花,在这里徘徊,这是我们亲手种下来的花,它有苦难,也有风雨,但是也有我们的快乐。这是张惠言的修养,张惠言的境界,所以写出这样的小词来了。

那么李后主呢?我们回到他的"林花谢了春红,太匆匆"。李后主,当然是破国亡家了的,这些小词都是他破国亡家以后的作品。所以他所见到的"林花谢了春红,太匆匆。无奈朝来寒雨晚来风",刚才说的是林花,刚才说的是植物,刚才说的是风雨,都是大自然的。可是现在有人了,"胭脂泪,相留醉",至少把花是拟人了,花跟人联在一起了。每一朵红花上的雨点,都像美人胭脂脸上的泪痕,所以"胭脂泪,相留醉"呀。每一个红花上的雨点,像美人的胭脂泪一样,都在留我,你就再为我喝一杯酒吧。杜甫有首诗,其中有两句"且看欲尽花经眼,莫厌伤多酒入唇"(《曲江》),已经是欲尽的花,花就要快谢了,"且看",说得好啊,你就暂且看一看吧,因为你明天再想看,也许那欲尽的花就一个都没有留下来了,一朵、一片都没有留下来了。"经眼",就是"眼看他起朱楼,眼看他宴宾客,眼看他楼塌了",我亲眼看它花开,亲眼看它零落,但我无可奈何,留不住它了。所以"莫厌",你不要推辞,不要厌倦。"伤多酒入唇",你就再喝一杯酒。你不要说酒已经喝得很多了,你不要推辞,因为你明天要再对花饮酒,一片花都没有了,"且看欲尽花经眼,莫厌伤多酒入唇",是"胭脂泪,相留醉,几时重",你什么时候能再看见这个花呢?朱自清的散文说的,"燕子去了,有再来的时候","桃花谢了,有再开的时候",可是明年的桃花开,不是今年的桃花开了。今年这一朵花,永远不会回来了。所以"胭脂泪,相留醉,几时重",永远没有了,再也不会重来了。光阴的消逝,一切的消失,都是如此的,什么都不会再回来的。"自是人生长恨水长东",这种无常,人世的无常,就跟流水的"长东"一样,你也永远不会再把它挽回来了。

李后主还有一首《虞美人》词,说:

春花秋月何时了,往事知多少。小楼昨夜又东风,故国不堪回首月明中。雕阑玉砌应犹在,只是朱颜改。问君能有几多愁,恰似一江春水向东流。

春花秋月,大自然年年有春花开,年年有秋月圆,什么时候才停止?没有,这永远是循环的,宇宙的无穷。"春花秋月何时了,往事知多少。"可是就在这个不断循环的宇宙之中,我们过去的往事,"往事知多少",多少都消失了。

今天早晨,有一个我1945年教过的学生给我打来电话,她今年八十二岁,我今年八十八岁半,她跟我谈起来六十多年前,他们的同学的事情,我教书的时候的事情,真是"往事知多少"。李后主的这一首词,都是对举的。"春花秋月何时了",这是永恒的,是不变的。"往事知多少",这是消逝的,是往而不返的。"小楼昨夜又东风","东风"是春风,回应这个"春"字,可是"故国"——现在李后主已经国破家亡了,"不堪回首月明中","东风"回应了"春花","月明"回应了"秋月",它隔句相呼应。所以"春花秋月何时了,往事知多少。小楼昨夜又东风",一个是不变的,一个是永恒的。"故国不堪回首月明中",这是无常的,是长逝不返的,永远消失了的,再也不回来的。

"雕阑玉砌应犹在",他说"应",这是想象之词。不是说"雕阑玉砌依然在"。有的版本作"依然"在,那绝对不对,这是想象之词。李后主当年作为南唐的君主,他的宫殿是"雕阑玉砌",他现在被人带到北方,当作一个阶下囚了,所以"雕阑玉砌应犹在",我想我南唐的宫殿。李后主曾经写过一首小词,说"晚妆初了明肌雪,春殿嫔娥鱼贯列。凤箫吹断水云闲,重按霓裳

> "春花秋月何时了"是写宇宙之运转无穷,是来日之茫茫无尽。
>
> "往事知多少"是写人生之短暂无常,是去者之不可复返。

> "不堪回首",却并非是"不回首","不堪"者正是由于"回首",才知其难于堪忍此回首之悲也。

歌遍彻"。那满廷的宫女，满廷的歌舞，这是亡国之前的生活。"春花秋月"这首是亡国之后的，是悲哀；"晚妆初了"那首词是享乐。李后主这个人，是纯情的诗人，悲哀的时候尽情地悲哀，享乐的时候也尽情地享乐。所以"晚妆初了明肌雪"，那些宫女、舞女，刚刚化完了晚妆——人家说女子白天要淡妆，晚上要浓妆，脸上那个肌肤都像雪一样白，而且"明"，如此之有光彩。"春殿嫔娥鱼贯列"，春天，他的宫殿之中，那些嫔娥，侍女如云，一串出来，像一排小鱼游过来一样，那身姿之柔婉，队形之悠长，我们可以想象。"凤箫吹断水云闲"，吹的是凤箫，不是一支箫，是排箫，"凤箫吹断"，天上的云，地下的水，都随着箫声而悠扬地飘动。"重按霓裳歌遍彻"，我听过一遍霓裳的大曲，还要再听一遍霓裳的大曲，我要尽情欢乐。然后他说，"临风谁更飘香屑"，我眼睛有享乐，耳朵有享乐，而且一阵风来，飘来一阵香气，是什么人在我的宫殿中撒上了那种香粉呢？南唐的宫中，有烧的香，有撒的香。"醉拍阑干情味切"，眼睛看的是享受的，耳朵听的是享受的，我饮酒醉了，也是口中的享受的，鼻子闻的也是享受的，他把他所有官能的享受，那种快乐都写进去了。而且"醉拍阑干"，我的身体，也随着我的享乐而拍打着这歌的节拍，"醉拍阑干情味切"，我的感情，我的滋味，真是如此之深远，如此之陶醉。现在呢，"雕阑玉砌应犹在，只是朱颜改"，我想象我南唐的"雕阑玉砌"还在，可是他已经变成阶下囚

> 晚妆初了明肌雪，春殿嫔娥鱼贯列。凤箫吹断水云闲，重按霓裳歌遍彻。
>
> 临风谁更飘香屑，醉拍阑干情味切。归时休放烛花红，待放马蹄清夜月。
>
> ——李煜《玉楼春》

了,"只是朱颜改"。"问君能有几多愁,恰似一江春水向东流。"这首词两两对比,永恒跟无常的对比,一切都消失了,所以能有几多愁?"恰似一江春水向东流"。"林花谢了春红,太匆匆","自是人生长恨水长东",剩下来的,只有"一江春水向东流"的人生长恨了。

那么你说这样两首词,是一个破国亡家的君主所写的,所以他有这样的悲哀。可是我试问,我们所有的读者,不是都在这个无常之中吗?"春花秋月何时了,往事知多少?"我们每个人都是无常的,每个人都在这种悲哀之中。李后主因为他一个人的破国亡家的悲哀,而写出来我们所有人类的无常的悲哀,这是李后主。而这一点正被王国维看出来了,正是被王国维所欣赏的。"词至李后主而眼界始大,感慨遂深,遂变伶工之词而为士大夫之词。"王国维是有眼光的,他不但能够从那些微言中看到很多小词的言外的含义,而且他看到了李后主的词,在整个词的发展的历史之中的重要性,这是王国维的贡献。

我们说词一直是歌词的"词",就算是南唐的中主,有双重的语境,"菡萏香销翠叶残",可以让人想到"众芳芜秽,美人迟暮",可是他毕竟是歌词之"词",他是写的思妇的悲哀呀。可是李后主写的是什么?李后主写的是他自己,"小楼昨夜又东风,故国不堪回首月明中",是"雕阑玉砌应犹在",只是我的朱颜改呀。是他自己说出来了,自己站出来了,自己写自己的破国亡家的悲哀,跟那个给歌女写的歌词完全不一样了。所以王国维看出来这一点,他说"词至李后主而眼界始大,感慨遂深,遂变伶工之词"——"伶

> 李后主的《虞美人》，以个人一己的悲哀包举了全人类，而《相见欢》却是以一处林花的零落包举了所有有生之生物，主题愈小，篇幅愈短，而所包容的悲慨却极为博大，而且表现得如此真纯自然，全不见用心着力之迹。唯有像李后主这样纯情的人，才能以心灵的直感，写出这样神来之笔的小词。

工之词"就是给歌女写的歌词，变成士大夫的词了。士大夫的词是什么词？是士大夫自己自我的言志抒情了，不再是给歌女了，这是李后主，写的词全是他自己的言志抒情，所以"遂变伶工之词而为士大夫之词"。这是我们词学发展的一大进步，一大转折。

王国维还说："周介存置诸温韦之下，可谓颠倒黑白矣。"周介存是清代的一个词学家，名字叫作周济。他在他的词话里边批评了几个作者，他说："飞卿，严妆也"；韦庄，是"淡妆"也；李后主呢，是"粗服乱头"。周济说温飞卿的词是严妆，就是很浓的，很仔细地化妆；韦庄呢，是淡妆，"淡扫蛾眉朝至尊"；李后主啊，不是在字句上雕琢修饰，没有什么"小山重叠金明灭"，没有这种装饰，没有修辞，说"林花谢了"，谢了就是谢了，"太匆匆"就是太匆匆，这么直白的，他不加修饰，所以是"粗服乱头"。王国维以为周济就是把李后主放在温庭筠、韦庄的下面，他说这样是不对的。可是你要知道，人家说李后主"粗服乱头"后面还有一句话呢，"粗服乱头，不掩国色"。有的人是要严妆，他们说那些电影明星，不化妆的时候不见人的，化好了妆才见人。如果你看他们不化妆的样子，你可能不认识他们了。李后主呢，是"粗服乱头"，本色，就是如此的，可是"粗服乱头，不掩国色"，这是他的本色，那美才是真的美。这是王国维误解了周介存的话。王国维就赞美李后主,说李后主是了不起的,是超过了温庭筠和韦庄的。像"自是人生长恨水长东","流水落花春去也,天上人间",说"《金荃》《浣花》"——《金荃》是温飞卿的词集,叫《金荃集》;《浣花》是韦庄的词集,叫《浣花集》。他说,像温飞卿的词,韦庄的词——"能有此气象耶?"能够有这样的气象吗?气象,就是包容的,博大的,他把天下的人的悲哀,都一网打在里边了。这是王国维的欣赏,他是有眼光的,他看的不只是字句,他看到后主李煜在词史上的进展,看到他所写的不只是一个人的悲哀,是我们整个人类的悲哀。所以王国维又说了:"尼采谓:'一切文学,余爱以血书者。'后主之词,真所谓以血书者也。宋道君皇帝《燕山亭》词亦略似之。然道君不过自道身世之戚,后主则俨有释迦、基督担荷人类罪恶之意,其大小固不同矣。"王国维真是很有眼光,他看到的是整个的词史的一个发展,看到在词史之中的李后主的地位。那么他认为后主的好处是什么?王国维在写《人间词话》的时候,正是他到了东方学社,跟那些日本人学习西方哲学——康德、尼采、叔本华的哲学的时候,所以他认可尼采说的"一切文学,余爱以血书者"。

当然了,所谓文学"以血书者",真的有人。有一位学者曾经批评王国维,他说词里边常常用的都是"泪",词里面很少用到"血"字。他误会了王国维。王国维引的尼采说"一切文学,余爱以血书者",是指那些用自己真正感情写

> 词至李后主而眼界始大,感慨遂深,遂变伶工之词而为士大夫之词。周介存置诸温韦之下,可谓颠倒黑白矣。"自是人生长恨水长东","流水落花春去也,天上人间",《金荃》《浣花》能有此气象耶?
>
> ——王国维《人间词话》

出来的作品，不是咬文嚼字的，不是雕章琢句的，不是弄虚作假的，是真的用我最赤诚的感情，用我的心血写出来的，所以他认为后主之词，"真所谓以血书者也"。宋道君皇帝的《燕山亭》词，我们来不及引，宋徽宗道君皇帝也是亡国之君，北宋败亡了，他也被俘虏了，他也写了破国亡家的悲哀，可是他那首词真是雕章琢句，真是造作，只是文字；而李后主真是如此之痛快淋漓地写了自己最真诚的、最悲哀的感情。所以王国维说，"后主则俨有释迦、基督担荷人类罪恶之意"。也有人批评王国维，说李后主本身就是罪人呀，他有什么宗教上的觉悟吗？没有。所以他们认为王国维说得也不对，怎么会有"释迦、基督担荷人类罪恶之意"？后主自己就有很多罪恶了。这也是没有懂王国维。王国维说的以血书，不是真的把手指咬破，去用血去写，也不是说他的文字里面写的都是血泪，都是鲜血，他说"担荷人类罪恶"，也不是说担荷人类的罪恶。说释迦为人类的罪恶，"我不入地狱，谁入地狱"；基督为人类的罪恶，被钉死在十字架上了，是担荷人类的罪恶。那么李后主有什么资格担荷人类的罪恶，这是他们没有懂。王国维是用词人的语言说的，他所谓"担荷人类罪恶"，其实不是罪恶，他是用一个比喻，释迦、基督是担荷了人类的罪恶，李后主所写出来的，是人类——不是共同的罪恶——是人类共有的、无常的哀感。"春花秋月何时了，往事知多少"，"林花谢了春红，太匆匆"，他一网打尽，把我们所有人类的无常的哀感，都写进去了。

这是王国维欣赏词的第三个长处，他真的能够看到，那语言文字之外的一种境界，而且是在词史的发展之中的，它的一个地位，它的重要性，这是王国维《人间词话》的另外一点好处。

王国维《人间词话》还有一些批评得非常到位的地方，我们讲了他对南唐中主、后主的批评，其实他还写到了南唐的另外一个作者，就是南唐的宰相冯正中。

（李宏哲整理）

第九讲

一蓑烟雨任平生

我们说王国维的词话，他看到很多超乎语言、文字以外的意义，不但是内容的含义，而且是在整个词的发展的历史的长河之中，词的开拓、地位和价值。上一讲已经讲过了，王国维说李后主的词，是"眼界始大，感慨遂深，遂变伶工之词而为士大夫之词"，这是他所看到的李后主词的一个值得注意的成就，是从歌词之词变到诗人之词了。王国维还看到，五代时候的南唐的另外一个作者的伟大成就，这个人就是冯正中。

冯正中的名字，叫冯延巳。这个"巳"字，有很多人以为他是"自己"的"己"，或者是"已经"的"已"，都不是，它上面的小口是封起来的。冯延巳，他的字叫作"正中"。王国维说冯正中词，"虽不失五代风格，而堂庑特大"。说冯正中的词，虽然也是五代的风格，也是写春花秋月，也是写美女爱情，也是写相思怨别，所以"不失"，没有离开五代的风格，可是它的内容的"堂庑"——近来《百家讲坛》有人在讲那个中国故宫的建筑，什么叫"堂"，什么叫"庑"，什么样的屋顶，没有出来的是什么样的屋顶，有出来的是什么样的屋顶，"堂庑"是最大的那个殿堂，它有四

冯正中词虽不失五代风格，而堂庑特大，开北宋一代风气，与中后二主词皆在《花间》范围之外，宜《花间集》中不登其只字也。

——王国维《人间词话》

面都出来的,那个叫"庑"。这样的屋顶——它内容所包含的境界,特别大,有很多的内容包含在里边,就"开北宋一代风气"了。就不只是像晚唐五代的《花间集》,那些歌词之词,那么狭窄的内容了,它的内容就很开阔,很大了,所以就开拓了北宋一代的风气。说冯正中的词,与南唐中主、南唐后主的词,南唐的这君臣,三个作者,都在《花间》范围之外,都与《花间集》的作品完全不相同了。《花间集》的内容都是美女和爱情,很狭窄的,可是南唐的君臣这几个人,他们开拓出来更大的境界。王国维后边说,"宜《花间集》中不登其只字也",他说所以《花间集》里边,就没有选南唐的这三位作者的词。王国维以为,是他们的风气不同,所以《花间集》没有选这些作者。其实王国维这句话说错了。《花间集》里边之所以没有选他们的作品,因为他们是南唐的作者。《花间集》是后蜀,是属于西蜀的一个选集。所以没选入的原因,一个就是道里,就是路途不相及;还有一个是时代不相及。因为南唐选编集子的时候,后主还没有出生。可见有时候,王国维也有错误。他以为是风格不同没有选,但是这个说法是错的,不是这样子。不过他前面说的是对的,就是冯正中的词,"堂庑特大"。

> 温韦之精艳所以不如正中者,意境有深浅也。
>
> ——王国维《人间词话》附录

那冯正中的词,怎么样"堂庑特大"呢?我们就来看一首冯正中的词:

谁道闲情抛掷久。每到春来,惆怅还依旧。日日花前常病酒,不辞镜里朱颜瘦。　　河畔青芜堤上柳。为问新愁,何事年年有。独立小桥风满袖,平林新月人归后。

也是写春天,也写春天的花,也写了饮酒,也写了朱颜。那《花间集》里边也是啊,写春天,写花,写饮酒,写朱颜。可是冯正中的词,跟《花间集》不一样了,怎么不一样呢?他说"谁道闲情"是"抛掷久"啊,写的内容不同,《花间集》里边都是写相思,都是写怨别,都是写爱情,可是呢,冯正中写的是"闲情",他写的不是相思,写的也不是怨别,他说是"闲情"。他没有说出来什么是"闲情",什么叫作"闲情"?"闲情",是你一到闲下来的时候,就有一种感情涌上心头,你说不上来是一种什么样的感觉。建安时代的曹丕曾经写过一首四言的诗《善哉行》,他说:"高山有崖,林木有枝。忧来无方,人莫之知。"他说就如同高山一定会有个山崖,"高山有崖",也如同树木一定是有一个树枝,"林木有枝",我内心之中有一种感情,有一种忧伤,它自己跑到我的心头,不知道从哪里来,"忧来无方"。所以是"闲情"啊。你是为离别,为了相思,为了怀念,为了故国,没有啊,就是你一闲下来,就有一种感情涌上来,"无方",不知道从哪里来,"人莫之知",这是所谓"闲情"。

这已经是冯正中与《花间集》的一个不同,他不是说相思,不是说怨别,不是说爱情,是"闲情"。这"闲情"两个字,就跟《花间集》已经不一样了。而且他更是怎么写呢?你为

> 冯延巳所写的,是一种感情之境界,而并非一种感情之事件。
>
> 后来的婉约派词人能以幽微之词见宏大之意者,皆由于词中可以写出此种感情境界的原因。

什么老被这个"闲情"所缠绕？所以"抛掷"，你把它丢弃了，我想把我内心的这种闲情，把它抛弃，而且我努力了很久，我以为我已经把这个"闲情"抛弃了。所以"高山有崖，林木有枝。忧来无方，人莫之知"。为什么你常常有这么一种情思在你的心头呢？你把这个情思丢开就好了嘛，"抛掷"，我想把它丢开，而且我努力了很久把它抛掷。他说，你看，我做了努力，我把闲情抛掷，而且抛掷了很久。可是他说，"谁道闲情抛掷久"，这"谁道"两个字，一下就打回来了，谁说我把它们真的抛弃了？我努力了很久要抛弃，可谁说我把它们抛弃了？我没有抛弃掉啊，我是做了抛弃的努力，可是我没有抛弃掉。

怎么见得没有抛弃掉？"每到春来"，每当春天来的时候，"惆怅还依旧"，我对着那春花开，春草绿，就有一种惆怅，"每到春来，惆怅还依旧"，它就回来了。那么这种惆怅回来以后呢，"日日花前常病酒"，我对这个"闲情"抛掷不掉，这种惆怅在我的心中，所以"日日"，每一天，我就在花前饮酒，饮到什么程度？饮到"病酒"，我饮酒饮得太多，已经觉得是很不舒服的感觉，"日日花前常病酒"，我经常是如此的，因为我抛弃不掉，我不能够抛弃掉，"日日花前常病酒"，"不辞镜里"是"朱颜瘦"，但是我心甘情愿，我心甘情愿这种病酒，我心甘情愿这种惆怅，我心甘情愿这种闲情。"不辞"，我就是因为病酒而憔悴，而消瘦，我的"朱颜"消瘦，而且我不是不知道我已经是病酒、憔悴、消瘦了，我自己照着镜子，我清清楚楚地知道，我是憔悴、消瘦了，那你就应该避免哪，但是他说，我"不辞"，我不逃避,我不推辞,我心甘情愿的,如此憔悴、消瘦。

这是冯正中的一个特色。第一,你不知道他的"闲情"是什么。第二,他就沉在这个忧愁的、痛苦的闲情中或者是惆怅中,因为他说不出来。你说我是为了相思,为了离别,我可以说出来,但是这个是"闲情",这个是惆怅,都是说不出来的东西。第三,我就为了这种感情,我心甘情愿,"不辞镜里朱颜瘦"。这是上半首。

下半首说了,"河畔青芜堤上柳",那河水的旁边的青草又绿了,堤岸上的柳条也绿了。"为问新愁,何事年年有",什么人为我问一问,就是我的这种新愁,为什么年年都有呢?你看他所说的这种感情,是"闲情",是"惆怅",是"新愁",这些都是为什么呢?你的闲情是什么?惆怅是什么?新愁又是什么?如果我知道是为什么,我把这个感情就抛掉了,可是我不知道是为什么,所以"为问新愁",是"何事年年有"。为什么每年这个"新愁"就会回来呢?为什么我抛掷也抛掷不掉呢?"独立小桥风满袖"啊,我就一个人,站在小桥上,"桥"不是房子,没有遮蔽,所以四野的寒风,都灌到我的衣袖之中,古人宽袍大袖,所以是"独立小桥风满袖",而且我在这个小桥,在四野的寒风的吹袭之中,我站了很久,我一直站到什么时候?远处的平林,"平林"是远处的树木。因为近处的树木看上去都是高大的,它不是"平林",远处的树木,望过去是一层,远远的

> 既然是年年有的"愁",何以又说是"新"?
>
> 经过一段抛弃的日子,重新又生起来的"愁",所以说"新",此其一;再则此愁虽旧,而其令人惆怅的感受则敏锐深切岁岁常新,此其二。

树,好像是一片平林。那树林上新生的月亮上来了,"平林新月人归后"。小桥上的行人都走光了,所有人都回家了,我一个人站在小桥上,"独立小桥风满袖,平林新月"是"人归后"。他写的是什么?所以王国维说"堂庑特大"。就他所说的内容,包含的范围特别大,包容的东西特别多,因为他没有指出来,指出来就有范围,指出来就有限制。我说"昨夜夜半,枕上分明梦见",是"细雨梦回鸡塞远",我所怀念的是远人,是鸡塞的远人,鸡塞的远人回来,我这个悲哀就没有了。可是我不知道,因为我所有的都是"闲情",是"惆怅",是"新愁",我说不出来,所以也排解不掉,而且我心甘情愿地承担、忍受了,为这个闲情,为这个惆怅而痛苦,"日日花前常病酒",我"不辞镜里"的"朱颜瘦"。那说的是什么?王国维没有直说他说的是什么,王国维只说他"堂庑特大",有很深的感慨。

王国维没有说他说的是什么,有人说他说的是什么吗?冯煦,这还是清朝的一个词学家,他曾给《阳春集》写了一篇序言,《阳春集》就是冯延巳的词集,冯煦也姓冯,所以他称冯正中为"吾家正中翁",我们家的老前辈啊,那冯正中先生,所以他总称他"翁"。他说,我们那个老前辈,就是冯正中,"俯仰身世,所怀万端"。说他一个人,"俯仰",就是你自己沉思,"俯仰",反复地思量。什么叫"俯仰身世,所怀万端"呢?冯正中,我们说了,他是南唐的作者,不是吗?他是南唐的作者,他的父亲,叫冯令颜,就在南唐做官,跟南唐的烈祖有很密切的关系。"烈祖"就是南唐开国的第一个皇帝。所以冯延巳冯正中,跟南唐的中主,就

> 翁俯仰身世，所怀万端，缪悠其辞，若显若晦，揆之六义，比兴为多，若《三台令》《归国谣》《蝶恋花》诸作，其旨隐，其词微，类劳人思妇、羁臣屏子，郁伊怆恍之所为……周师南侵，国势岌岌，中主既昧本图，汶暗不自强……翁负其才略，不能有所匡救，危苦烦乱之中，郁不自达者，一于词发之。
>
> ——冯煦《阳春集序》

是南唐烈祖的儿子，他们两个人，从少年时代，就来往得非常密切。当南唐的中主做王的时候，做吴王的时候，这个冯正中，就给他做掌书记。所以当南唐中主做了君主了，冯正中就做了他的宰相。如果我说，一个人生来就注定是悲剧的命运，天下有这样不幸的人吗？什么人你敢说他生下来就注定一辈子是悲剧了？可是冯延巳，冯正中，就是生下来就注定是悲剧的。他没有办法，因为他生在一个必亡的国家，他跟那个必亡的国家的君主，有这么密切的关系，他无所遁逃于天地之间。那么他做了宰相，我们说南唐是必亡的国家，战不可以攻，退不可以守啊。而越是在危亡的关头，朝廷里面的斗争就越厉害，有主战的，就有主和的，所以他就处在满朝人的攻击之中。他既不能战，又不能守，战没有把握，守也没有把握。所以"俯仰身世，所怀万端"。而这种悲哀，这种痛苦，这种难处，他是没有办法跟人诉说的。说我们的国家就是必亡的国家，我做了必亡国家的宰相，你们主战、主和的都攻击我？这话他还不能说呀，所以"缪悠其辞"。"缪悠"，就是这样荒谬，这样遥远，你不知道他说什么。所以他说"闲愁"，他说什么"惆怅"，他说什么"新愁"，"缪悠其辞"。"若显若晦"，好像他说明了，可是他又没有说明。"揆之六义，比兴为多"，所以如果从《诗经》的六义来说，冯正中的词多半都是比兴，都不是直接说出来的。所以"其旨隐",真正内容的意旨是藏起来了的。"其词微",他透露的语言,是那样幽微渺茫,你不知道,不能掌握。他说"类",大概,就好像是。"劳人思妇",远方的不能回家的、劳苦的人,那些怀念所爱的人,不能相见的思妇,一个羁留在外的臣子,一个离开家庭的儿子,大概就是"劳人思妇、羁臣屏子",这个"屏"字念"bǐng",被抛弃的,念"bǐng",一个好像被家庭赶出去的儿子,"郁伊怆恍之所为"呀,内心之中有这么多郁结,这么多感慨,可是说不出来。他说冯正中的词,就是写的这样的一种内容。香港的饶宗颐,他写过一本小书,叫《人间词话平议》,他读了冯正中的这首词,不是王国维很赞美他吗?说他"堂庑特大"吗?所以饶宗颐就说,冯正中"鞠躬尽瘁,具见开济老臣怀抱"。饶宗颐的这句话,是批评,也不是批评。这句话是对"日日花前常病酒,不辞镜里朱颜瘦"两句的旁批,他说这两句是"鞠躬尽瘁"。我日日花前,我看到将落的花,我要为她饮一杯酒,我已经是"病酒"了,我自己也知道我的"病酒",我在镜子里看到我"朱颜瘦"了,我"不辞",我没有办法逃避。所以饶宗颐说是"鞠躬尽瘁"。"鞠躬",是把我身体所有的劳力都付出了,"躬"就是我的身体,尽我的身体,尽我的一切的力量,"瘁",我的劳力,我尽了我的一切,"鞠躬尽瘁"。可是"鞠躬尽瘁"本来是出于诸葛亮的《出师表》,诸葛亮《出师表》说"臣鞠躬尽瘁,死而后已"。"开济老臣",也说的是诸葛亮。诸葛亮协助先主开国,到后主的危亡,他想要保全,当然他失败了,没有能够保全,诸葛亮死了。饶宗颐说冯正中"具见开济老臣怀抱",他跟诸葛亮一样,当年他父亲辅佐南唐烈祖开国,现在到危亡之秋,他做了宰相,他挽救南唐的危亡,他没有办法。所以他说"日日花前常病酒",我"不辞镜里朱颜瘦",我只有为这个国家付出一切,而担荷所有的诽谤,是开济老臣的怀抱。

王国维就看到了他的这种特色,说冯正中词"虽不失五代风格,而堂庑特大,开北宋一代风气,与中后二主词皆在《花间》范围之外"。所以小词是很微妙的,你从小词里面可以看到,其中包含的很多言外的情意,而且确实是显示了这个作者他的修养,他的怀抱,他内心真正的,内心深处的品格,他内心真正的痛苦,都在小词之中表现出来了。可是我们说了,不但是小词的作者,不同的作者,表现了不同的境界。不但是小词里面表现了不同的品格、境界,说词的人,评说小词的人,张惠言与王国维也表现了不同的境界。

我们既然讲了张惠言的词论,也讲了张惠言的词,所以今天也讲一首王国维的词,是很有王国维的特色的一首词。这首小词,名字叫《浣溪沙》,当然还是指那个音乐的词的牌调。

> 山寺微茫背夕曛,鸟飞不到半山昏,上方孤磬定行云。　　试上高峰窥皓月,偶开天眼觑红尘,可怜身是眼中人。

如果说张惠言的词表现出来了儒家修养,那么王国维的词所表现的是什么呢?是哲人的思致,是哲学家对于人生的反思。什么哲学家？哪一派的哲学家？王国维受的影响最深的，是叔本华的悲观哲学。张惠言把儒家的修养写到小词里边，写得非常好，他的《水调歌头》五首，说"飘然去，吾与汝，泛云槎。东皇一笑相语：芳意在谁家？难道春花开落，更是春风来去，便了却韶华？花外春来路，芳草不曾遮"，这是儒家。儒家说的"仁远乎哉？"仁的这种修养境界，难道离开我们很远吗？"仁远乎哉？我欲仁，斯仁至矣"呀。"仁"这种修养，难道离你很远吗？只要你想做一个仁人，你随时就可以做一个仁人哪！这种追求，不是很难得的，你不需要任何东西，你只要立志，有心要做一个仁人，"我欲仁，斯仁至矣"，仁就在你的心里。所以像张惠言说的"花外春来路，芳草不曾遮"呀，这是儒家的修养。"仁远乎哉？我欲仁，斯仁至矣。"可是王国维呢？他是受西方的叔本华的悲观哲学影响的人，他说什么呢？

他说"山寺微茫背夕曛"，高山上有一座庙，这个庙看起来这么遥远，"微茫"，隐隐约约的，茫然看不清楚的，"山寺微茫"，而"背夕曛"，"夕曛"，"夕"是黄昏，"曛"，落日的余晖，他还不是面对着落日的余晖，是背着落日的余晖，所以真是看不清楚，隐约的高山上，有一个庙的影子，他背后是"夕曛"，"山寺微茫背夕曛"。那山这么高，庙这么渺茫，"鸟飞不到"是"半山昏"，你若要到这个庙里去，庙这么高，鸟都飞不到的，那半山上，已经是苍然暮色，一片昏茫了。好，那你就不到庙里去好了，你就不要想这个庙了，可是他说"上方孤磬定行云"，就在天黑下来，我也爬不到山上去的时候，忽然间，从那山上的寺庙之中，传来一

> 薛谭学讴于秦青，未穷青之技，自谓尽之，遂辞归。秦青弗止，饯于郊衢，抚节悲歌，声振林木，响遏行云。薛谭乃谢，求反，终身不敢言归。
>
> ——《列子·汤问》

声孤单的磬声，玉磬，很清远的一种声音，"上方孤磬"，就从那高山的庙中，传来一声清远的敲磬的声音，而这个磬的声音，如此之美妙，不但人被这个磬声吸引了，连天上漂浮的浮云，都被这个磬声留下不走了。他用的是我们中国古代的《列子》这本书上的一段故事，说古代有一个人，会唱歌的秦青，抚节悲歌，说这个秦青抚节悲歌的时候呢，"响遏行云"，他一边打着拍子，一边唱一种悲哀动情的歌，歌声如此之美，天上的云彩都被它留住，"遏"就是停止了，那个行云。所以他说这个磬声真的是美妙，"山寺微茫背夕曛，鸟飞不到半山昏，上方孤磬定行云"，它真是吸引我。那么渺茫，已经到了日落黄昏，我要爬这么高，我不见得能够爬上去，可是那个孤磬的声音如此之美妙，如此之吸引我，因为它连行云都留住了啊。"试上高峰窥皓月，偶开天眼觑红尘。""试"，是我尝试，我努力，我试，我要爬上那最高的山峰，"试上高峰"，我要到高山上，去看那长空上的一轮明月，"试上高峰窥皓月"。我们讲过张惠言也曾经写到天上的月亮，"罗帷卷，明月入，似人开"，我把窗前的帷幔，窗前里边罩的那个纱幔卷起来，让天上一轮明月照进来，就好像我把明月迎进来了一样，"一尊属月起舞，流影入谁怀"，我就拿了一个酒杯，敬这个天上的明月，我随着明月，还随着我的歌声而起舞，这是李太白的诗，"我歌月徘徊，我舞影零乱"。月光之下，月光的影子，我在月光之下舞的影子，投入到什么人的怀抱？"迎得一钩月到,送得三更月去,莺燕不相猜",只要我跟明月有了一份交往,我从它的一钩月迎起来,送到三更月去,从此我心中是明亮的,我对于尘世间那种莺燕的争妍斗胜,我再也不动情,再也不相猜了。这是张惠言,说明月照亮了我的心。可是王国维说,我也要"试上高峰窥皓月",我没有上去,我是努力在上,我想要上到高峰,我能不能找到明月照亮我心中的这样的一种境界呢?我没有上去,我就在半山上,上边这样高远,这样昏暗,磬声当然是这样的美妙,我想要上去,我要得到一个境界,我要让明月真的照亮我,可是我没上去,怎么样?"偶开天眼觑红尘",我就偶然一低头,我就在高空中,"天眼",我在上空,就看到下面,山下的红尘之中的那种奔波劳碌,莫不为名,莫不为利的,那种浑浑噩噩的人类,"偶开天眼觑红尘"。他说,"可怜身是眼中人",我要上没有上去,我在半山之中,我看见,其实我跟他们是一样的,蠕蠕蠢蠢。"蠕蠕",跟那些虫子蠕动一样,人类在天眼之中,就跟蠕动的蚂蚁、蚯蚓一样。"蠢蠢",如此之愚昧,如此之无知的。"偶开天眼觑红尘",可怜我"身是眼中人",这是王国维。

王国维以为,人生,他用了叔本华的哲学嘛,人生就是在欲望的追求与失落之间徘徊。追求,是不得的痛苦;求到,是失落的痛苦。人生就永远在悲苦之中不得解脱。所以王国维最后走向了什么?是自杀的道路。他没有找到一个在精神上可以真正解脱出去的地方。

我们现在都讲的是小令,我们没有讲长调的词。我再念一首词吧。你看一看人家苏东坡。苏东坡的平生,受到多少有情风、万里卷潮来，无情送潮归。问钱塘江上，西兴浦口，几度斜晖。不用思量今古，俯仰昔人非。谁似东坡老，白首忘机。

记取西湖西畔，正暮山好处，空翠烟霏。算诗人相得，如我与君稀。约他年、东还海道，愿谢公、雅志莫相违。西州路，不应回首，为我沾衣。

——苏轼《八声甘州·寄参寥子》

迫害，遭过多少贬谪，曾经被关在监狱里边，几乎被杀死。你看人家苏东坡写的词："有情风、万里卷潮来，无情送潮归。问钱塘江上，西兴浦口，几度斜晖。不用思量今古，俯仰昔人非。谁似东坡老，白首忘机。"苏东坡还有一首词："莫听穿林打叶声，何妨吟啸且徐行。竹杖芒鞋轻胜马。谁怕？一蓑烟雨任平生。　料峭春风吹酒醒，微冷。山头斜照却相迎。回首向来萧瑟处，归去，也无风雨也无晴。"人家苏东坡平生的遭遇，比他王国维遭遇的艰难困苦不知道超过了多少倍，你看苏轼的这种态度，"回首向来萧瑟处，归去，也无风雨也无晴"。而王国维所写呢，"可怜身是眼中人"，最后以自杀结束了他的一生。

所以小词之中，有如此不同的修养和境界。我们现在要再说，苏东坡之所得，是中国传统文化的修养。王国维他是沉在了西方的一些哲学思想之中，王国维的一个遗憾，从来没有人说过，我以为，这是我个人以为，也不见得正确——你看王国维的生平，王国维小时候，就是不喜欢读经书，他喜欢读历史的书。他是喜欢面对事实，他后来也考证古史，他研究的是历史。而中国的经书里边，有一种修养的存在。《论语》，尤其是一本非常好的书。而苏东坡呢，还不只是儒家的修养。苏东坡同时还有道家的思想，所以他能够如此之潇洒，面对他遭受的一切的苦难。而苏东坡所写的词，也有两类。像我们刚才所讲的，"莫听穿林打叶声，何妨吟啸且徐行",他是直接地抒情言志,直接写他自己的感情。这种词,我们说,那是诗化之词,它不是歌词之词。它是用歌词的形式,他写的作品,是诗。诗,是抒情言志的,是直接写自己的感情和志意,不借着花草,不借着美女,不借着爱情。"莫听穿林打叶声,何妨吟啸且徐行",这是苏东坡的一类词。

> 苏轼把儒家用世之志意与道家旷观之精神,作了极圆融的融合,虽在困穷斥逐之中,也未尝迷失彷徨,所以,他能极自然地用小词抒写襟抱,体现他的修养和人生的境界。

但是苏东坡也写了词人之词。他不只写了诗化之词、诗人之词,他也写了词人之词,我们现在就再看一首苏东坡所写的词人之词:《水龙吟·次韵章质夫杨花词》。章质夫是他的一个朋友,他们曾经同朝做官。这个章质夫呢,写了一首咏杨花的词给苏东坡,苏东坡"次韵","次"是排列,一个一个按照次序,按照次序和韵,他用章质夫的韵。"似花还似非花,也无人惜从教坠",章质夫的这句也用的是"坠"字,他也用这个字。就是"次韵",你用什么韵字,我也用什么韵字,所以是一首和词。这个"和"字,不念hé,是和(hè)人之作,是别人写了一首作品,我跟他唱和,他用什么韵,我也用什么韵。"次韵章质夫"的"杨花词"。怎么说呢?

> 似花还似非花,也无人惜从教坠。抛家傍路,思量却是,无情有思。萦损柔肠,困酣娇眼,欲开还闭。梦随风万里,寻郎去处,又还被、莺呼起。　不恨此花飞尽,恨西园、落红难缀。晓来雨过,遗踪何在,一池

萍碎。春色三分，二分尘土，一分流水。细看来不是，杨花点点，是离人泪。

很多人的标点把它变成"细看来不是杨花，点点是离人泪"，文法上说起来，这样好像更容易理解，"细看来不是杨花"，可是按照词的牌调，不能够这样点。应该是："细看来不是，杨花点点，是离人泪。"这有什么区别？"细看来不是杨花，点点是离人泪"，说得很清楚，没有余味，还不仅是因为它没有余味，我们要把它这样标点，是因为这个词的牌调。你要知道，这个《水龙吟》是一个音乐的牌调，这个牌调的本身，它有一个格律。按照牌调本身的格律，是"细看来不是，杨花点点，是离人泪"，是这样的转折。苏东坡是按照这个格律填的词。杨花就是柳絮，我们中国的北方很多柳树，春天到处迷迷茫茫的都是柳絮。

要讲这首词，大家要知道写词的背景，我曾经请同学帮我印了苏东坡的《苏轼文集》。苏轼的文集里边，有他的尺牍，就是苏东坡的书信。《孟子》说："颂其诗，读其书，不知其人，可乎？是以论其世也。"很多人讲这首杨花词，就是添油加醋的，用了很多形容词，说这是咏物的词，柳絮怎么样了，都是形容描写柳絮。可是不只是如此，你要看苏东坡的尺牍，"尺牍"就是他的书信，他的书信是编年的，哪一年给谁写的信，都有记录。"与章质夫三首"，是给朋友

> 某启。承喻慎静以处忧患。非心爱我之深，何以及此，谨置之座右也。《柳花》词妙绝，使来者何以措词。本不敢继作，又思公正柳花飞时出巡按，坐想四子，闭门愁断，故写其意，次韵一首寄去，亦告不以示人也。
> ——苏轼《与章质夫三首》其一

章质夫写了三封信，后边有一个小注，说"已下俱黄州"，意思是说，从这个以下，这些书信，是苏东坡被贬官到黄州的时候所写的。你要弄清楚，很多人以为就是随便的朋友，一个词社，一个词会，你写一首词，我写一首词，完全不是那回事。是苏东坡被贬官到黄州，而且是经过九死一生，从御史台的监狱放出来，几乎被砍头，后来来到了黄州。章质夫是他的朋友，也曾经在朝廷做官，现在也出来了，也是贬到外面来。"某启"，"某"应该是他的名字，"东坡启"，致章质夫，说"承喻慎静以处忧患"，他说我蒙你告诉我说，我要谨慎安静，在这个忧患的时候，被贬在黄州嘛。"非心爱我之深，何以及此"，如果不是一个对我非常爱护的朋友，就不会告诉我这些，你贬官的时候，你要谨慎，要安静处忧患。"谨置之座右也"，我把你劝我的这封信，就放在我的旁边。"《柳花》词妙绝"啊，你写的咏杨花的这首词，非常好，"妙绝"。"使来者何以措词"，好，我们现在不用看他原文，我只是说明这是他黄州时期的作品。因为你写得太好了，"使来者何以措词"，"本不敢继作"，我本来不敢在你之后再写柳花的词了，"又思"，可是我又想到，"公正柳花飞时出巡按"，你就是在柳花飞的时候，被贬出去的，贬到地方去做巡按的。"坐想四子"，我就静静地想，我们四个好朋友，"闭门愁断"，我们都被贬出去了，我们关起门来，我们都是满心的哀愁。"故写其意"，所以我就把这种意思，写在词里边了，"次韵一首"，用你的韵，写了这首词。"亦告不以示人也"，我要告诉你，你不要把我这首柳花词给别人看，因为我是在发牢骚，我是在埋怨，你不要给人看。你要了解他写作的背景和心情,你才可以讲苏东坡的这首词。

那苏东坡说什么呢?苏东坡写得很不错,很好的一首词,写得真的是好。"似花还似非花",我们管它叫柳花,也叫杨花,它是杨柳上的花呀。可是我们说,海棠花,樱花,桃花,我们都看到花开在树上,红的、粉的、白的,都是好看的。谁看见满树都是柳花的?没有啊。王国维也写了一首词,说"开时不与人看",它开的时候不给人看的,没有人看见它在树上,开的一树的柳花,没有那回事。"如何一霎蒙蒙坠"(《水龙吟》),"一霎",转眼之间,就已经飞落了。你从来没看见柳絮挂在树上一串的花,你看到它都是已经飞落下来的。所以苏东坡说了,"似花还似非花"。你说它不是花吗?它是柳树的花呀。你说它是花吗?怎么从来没有人看见开了一树的柳花呢?只要一开,就飞落了。你说我苏东坡不是人才吗?你要知道苏东坡刚刚考上进士的时候,当时仁宗皇帝,就要把他招到朝廷之中来任用的,有大臣说他太年轻了,磨炼磨炼以后再说吧。不久,苏东坡母亲死了,守丧三年;父亲死了,又守丧三年。等到他再回来,朝廷大变,神宗即位,用了王安石,推行变法,气氛已经完全不一样了。所以你说我是花还是不是花呢?你说我不是花,我也曾经有过这样的理想,也曾经有过这样的志意,苏东坡的集子前面,都是给朝廷进的策论,"似花还似非花"。"也无人惜从教坠",花开了人家都爱惜,说惜花嘛,爱惜花,所以柳花从来没有人爱惜,"从教",就任凭它飞落。所以苏东坡一生贬来贬去,贬得很遥远,甚至贬到海南,当然现在的海南是最好的避寒的地方了,所以"也无人惜从教坠"。"抛家傍路",离开了家,飘,总是傍路,总是在路边哪。我一生都是漂泊的,一生都是在贬谪之中,所以他说是"抛家傍路"。"思量却是,无情有思"呀,就算我无情,但是我有多少心思,有多少意念,有多少理想,"萦损柔肠,困酣娇眼",是"欲开还闭"呀,那柳花卷来卷去,就像一个人千回百转的柔肠,当柳花飞的时候,那个柳眼,我们说柳叶像柳眼,就是"困酣娇眼",在这困酣之中,睁也睁不开,"欲开还闭"。这是写柳花的漂泊。柳花虽然是飘落了,虽然是"抛家傍路"地流落在路边,可是我有一个梦,"梦随风万里",就随着风,我的梦就飘到万里之外。什么梦?"寻郎去处",我要找一个我所爱的人,找一个爱我的人,"梦随风万里,寻郎去处"。以东坡来说,东坡其实一生忠爱。苏东坡跟周邦彦的绝大的不同,两个人都经过新旧党争的政变,周邦彦永远是以自身的安危、利害为第一,新党在位,上一个歌颂新党的长篇的大赋,《汴都赋》;新党倒霉了,他被贬出再招回来以后,他学乖了,他就"人望之如木鸡",什么话都不说了,学乖了,不再说话了。苏东坡不然,苏东坡贬出去,除非你不叫我回来,你叫我回来,我看到你们的政治有了缺失,我就要批评,看到老百姓有疾苦,我就要谈论。这是苏东坡跟周邦彦两个人的为人之不同,也是他们词的词品高低之不同的原因。苏东坡一生忠爱,但是他在困苦之中的时候,也能够用那道家的思想来解脱,来排解,不然怎么活下去呢?所以他说"寻郎去处,又还被、莺呼起",他是说梦,"梦随风万里,寻郎去处",我在梦中一直是追寻我的理想的,一直是要把我贡献出去的,可是"又还被、莺呼起",

又被黄莺唤醒了，事实告诉我，我苏东坡是不被任用的，是只要到朝廷就被猜忌的。

"不恨此花飞尽"，我的遗恨，还不是说柳花飞尽了。"恨西园、落红难缀"呀，这真是屈原说的，是"哀众芳之芜秽"，不是说我一个苏东坡被贬出去了，"不恨此花飞尽"，我算是杨花，算是柳花，完全飘落了，"恨西园、落红难缀"，我所遗恨的，是西园里所有的花都落了。当时他不是说，"坐想四子，闭门愁断"嘛，是当时多少人都被贬出去了，所以"恨西园、落红难缀"。"晓来雨过，遗踪何在"，早晨下过一场雨，你看一看杨花在哪里？"一池萍碎"，只看到一池零碎的浮萍。这里苏东坡有一个自注，说"杨花落水为浮萍"，"验之信然"，他说我考察了一下，果然如此。其实根本没有这回事儿。杨花什么时候落水变成浮萍？这两个明明是不同的植物嘛。这就是苏东坡另外的一点。苏东坡从参加进士的科考的时候，就是用这种笔法写了文章，而得到了欧阳修的欣赏的。苏东坡去考试，欧阳修是主考官，欧阳修出了一个考题，题目是《刑赏忠厚之至论》，说你给一个人刑法或奖赏，都要心存忠厚，这样才是对的。苏东坡就写了一篇考试的文章，他说尧的时候啊，皋陶，帝尧的时候，这个皋陶，皋陶是一个人的名字，古代的法官，这个"陶"字念"yáo"，说"皋陶为士"，他做司法官，有人犯了罪了，"尧曰"，皇帝说，天子说，"赦之者三"，皋陶就说"杀之者三"。执法的人就是严格，既然犯法了，犯法应该是处死刑的，一定要处死刑；可是天子呢，以仁德为怀，就说饶恕他。所以他用了这么一个典故，是"刑赏忠厚之至",不管是刑法还是奖赏,你要用一种仁厚、忠厚之心来对待。欧阳修把他列为第一。可是欧阳修的学问也很好,欧阳修却不知道这个典故出在哪里。可是看看苏东坡的文章,说这个文章写得这么好,这个学生一定是很博学的,一定是我欧阳修,读书没有读到。苏东坡考上了,就来见欧阳修,一见面的时候,欧阳修就问他了,问他这个新考进来的门生,说你在你的文章里边所写的这个典故,是从哪本书里引出来的?苏东坡说:"想当然耳!"我想就是这样子吧,法官一定要严格,天子一定要仁厚嘛!苏东坡这个人常常想当然耳。他想杨花落水为浮萍,还说"验之信然",其实没有这回事儿。这只是文人、诗人的想象。他说"不恨此花飞尽,恨西园、落红难缀。晓来雨过,遗踪何在,一池萍碎。春色三分",如果说春天有三分的春色才是圆满的,可是现在春色消失了,"春色三分,二分尘土",有两分春色,就是那花是春色,就被尘土给埋葬了,"一分流水",还有一分春色的落花,就随着流水,流水落花春去也。"细看来不是",那天上飘飞的杨花,我仔细看来,不是什么?不是"杨花点点",不是点点的杨花,"是离人泪",是离人的眼泪,是我们这些被贬谪的人,我们这些离人的眼泪。所以这一首词,苏东坡所写的,也是有言外之意的,也是有很多微言的。但是不同的词人,写不同的作品,有不同的微言;不同的词学家,看到不同的微言的言外之意。

我现在最后给它一个归结。小词里边这些言外之意,都是从微言表现出来的。我们现在如果给它一个逻辑的理论的解释，已经说过很多了。我们说它的微言，是一种显微结构；我们有的时候看到言外之意，是因为双重性别；有的时候看到言外之意，是因为双重语境；有的时候看到言外之意，是由于它的文化符码。不管怎么样，我们看到这么多微言以外的意思。王国维说那就是"境界"；张惠言呢？说那就是"比兴"。可是"比兴"太牵强了，"境界"又太笼统了。那么这种现象，就是小词可以让人看到这么多言外的意思的现象，如果我们要给它一个说法，究竟把它叫作什么？我们沿用张惠言的"比兴"，那未免牵强附会；我们沿用王国维的"境界"，又未免茫无边际，可是张惠言跟王国维，是确实看到小词里边有这样一种东西，引起读者很丰富的联想。那个东西是什么？我还是想用一个西方的理论，给它一个总结。德国有一个接受美学家沃夫冈·伊塞尔（Wolfgang Iser），在他的书里边，他提出了一个词语，叫"potential effect"，可能的一种作用。小词里边，就隐藏了可能的一种作用，给读者很丰富的联想。我们当然不能用英文来说中国的这种传统的小词，但是我们可以说，小词，或者是它的微言，或者在它的语码之中，能够传达出来一种可能的言外的意思。而这种可能的语码的微言，又有两种不同的情况。法国的那个女哲学家朱丽亚·克利斯特娃，她有一本书，《诗歌语言的革命》（*Revolution in Poetic Language*），她把符号学（semiotic）的sem跟解析的analyze结合在一起，叫semanalyze，称为"解析符号学"，作为比符号学更加精微的，一种分析诗歌语言的一种理论、一种方法。她的"互为文本"的概念，就是说，比如我们说"蛾眉"，你从温庭筠的

"蛾眉",联想到李义山的"八岁偷照镜,蛾眉已能画",你联想到别人的,这是"互为文本",从温飞卿的文本,你可以想到李义山的文本,你还可以想到唐朝其他诗人的文本,"互为文本"可以使语言丰富起来。那么这些文本,这些语言,有的时候就成为符码了,如果它是一种文化的符码,朱丽亚·克利斯特娃管它叫作"象喻的作用"(symbolic function)。还有一种更微妙的作用,她称作"符示的作用"(semiotic function)。像"菡萏香销翠叶残,西风愁起绿波间","菡萏香销"那种高雅的、珍贵的、芬芳的、美好的意义,"菡萏""香""销""翠""残",这是符号,符号表现的一种作用。张惠言的"蛾眉""画蛾眉",是象喻的作用;王国维从"菡萏香销翠叶残",想到"众芳芜秽,美人迟暮",是符示的作用。当然张惠言也没有这样说,王国维也没有这样说,是我们生在千百年后,我们有了这些理论,我们回头再来看,我们觉得,他们那种说法,不是完全没有道理的。张惠言的根据,就是西方学者所说的"象喻的作用";王国维的根据,就是西方学者所说的"符示的作用"。所以在小词里边,由于有这些种种的语言的作用——所有作用一定是从文字中产生的,任何的作品的好坏,都是从它的文字中产生的——好的作品,就在这种微妙的语言的运用之间,就表现了一种potential effect,就表现出来一种"潜能",就给了读者这么多诠释的可能性,给了读者这么丰富的感受和联想。而这种种的解释、种种的联想,都与这个诗人的修养和境界,也都与说诗人、说词人的修养和境界,有着密切的关联。

我们简单地作一个结束。小词之中的修养和境界，与作者有关系，与作词的人有关系，与说词的人有关系。它为什么有这么多丰富的含义？有种种的原因。有双重性别的原因，有双重语境的原因，在语言上有符示的原因，有象喻的原因。张惠言和王国维的理论，让我们能够从中学习、了解到，小词虽然篇幅短小，虽然被很多人所轻视，说它不是抒情言志的大道理，可是它里边，有非常丰富的内涵。

（张元昕整理）